U0075354
噬血狂
APPEND 3
三雲岳斗
illustration
マニャ子
Kadokawa Fantastic Novels

Contents

噬血狂襲
STRIKE THE BLOOD APPEND
3

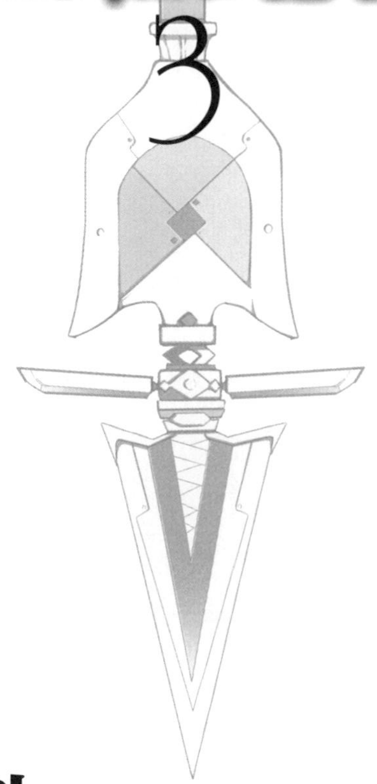

三雲岳斗 illustration マニャ子

Kadokawa Fantastic Novels

第一話
覺醒
-Awakening-

黎明前——

曉古城原本精疲力竭地睡得像一灘爛泥，忽然就因為臉頰疼痛而醒來了。

「古城。喂，古城，你醒醒。」

「……矢瀨？」

在古城朦朧的視野裡映出了陌生別墅的天花板，還有不停拍著他臉頰的朋友——矢瀨基樹的臉孔。

隔著窗戶看見的天色仍然昏暗，光芒微弱的下弦月懸於南海之上。

「怎樣啦，挑這種時間挖我起來。現在還不到清晨五點耶……」

古城瞥向床邊的數位鐘，然後深深地嘆了氣。

古城他們於前天拜訪了漂浮在絃神島近海的新建增設人工島，通稱「蔚藍樂土」。它是座半徑不滿六百公尺的小島，但整座島都被設計成規模巨大的主題樂園，滿載著戲水泳池、水族館及遊樂園等娛樂設施。度假旅館與出租別墅等住宿設備也相當充實，古城他們過夜的別墅亦屬其中之一。

話雖如此，普通高中生要在這麼新潮的度假區過夜，當然沒有不勞而獲的道理。

一下被逼著當炒麵店的血汗工讀生，一下又被捲入日本政府籌劃的大陰謀——古城等人付出的代價實在太高了。東奔西走的古城已經累到極點，想盡可能睡得久一點就是他的真心話。

然而，矢瀨卻對古城明顯困擾的態度不以為意，還從屁股的口袋掏出了某樣東西。那似乎是一張鑲著ＩＣ晶片的塑膠卡。

「古城，你覺得這是什麼？」

「什麼東西？那是……門禁卡嗎？」

古城一邊把臉埋在枕頭上，一邊用無精打采的聲音回話。

矢瀨先是誇張地挑眉，然後得意似的賊賊一笑。

「正確答案。我有這棟別墅的萬用鑰匙。」

「萬用鑰匙……？你拿那種東西要幹嘛？」

古城有些不安地反問。這棟別墅的房客全是親朋好友。即使不拿萬用鑰匙，只要向她們拜託一聲，照樣能開門才對。

矢瀨卻低頭看著古城，傻眼似的當場聳聳肩。

「喂喂喂，你要睡迷糊到什麼時候，古城？這裡可是蔚藍樂土耶。」

「沒、沒錯啊……？」

「眾人憧憬的度假勝地，在奔放的情緒中，思春期的年輕男女同住於一個屋簷下。說到在這種情況能趁天亮前做些什麼，你總該懂了吧？」

「……不，我不懂。你要做什麼？」

古城發出不感興趣的聲音。坦白講，他不認為這是值得認真思考的問題。

另一方面，矢瀨則是在深深吸氣蓄勢以後才開口：

「突襲整人啊！突襲把人挖起床！」

「……啥？」

經過短暫沉默，古城冷冷地回望了朋友的臉。

哼哼——矢瀨看似得意地挺起胸。

「我們要偷偷溜進女生房間，然後拜見她們的睡臉！想看女生們無從掩飾的真實面貌，就趁現在！」

「啊～～……所以你才會拿萬用鑰匙……」

古城無力地埋進被窩，語帶嘆息地嘀咕。

別墅內的寢室可以各自從房裡反鎖。為了溜進女生的寢室，矢瀨就非得把萬用鑰匙弄到手。

「ＯＫ，狀況我明白了。那麼，我決定睡回籠覺。」

古城甩了甩手，轉身背對矢瀨，意思是：好自為之。他不想這麼一大早就奉陪矢瀨的餿主意。

「喂喂喂，你這樣真的好嗎，古城？」

矢瀨的口氣意外沉穩，還像在試探古城一樣問道。

「哪有什麼好不好，我們擅自闖進房間的話，那幾個女生會氣瘋吧。我可不想蹚這種渾水，要去你自己去。」

「是嗎……我懂了。」

矢瀨聽完古城冷漠的答覆，就沉重地點了頭。

「那麼，既然已經得到當事人的哥哥允許，我先去凪沙的房間嘍。」

「你給我站住！」

古城得知親妹妹被選為最先被突襲挖起床的犧牲者，因而急得跳起來。

「為什麼你要從凪沙的房間下手！」

爬完挑空的階梯時，古城終於勉強成功攔下了矢瀨。

別墅裡的房間分配是將一樓給男生住兼當公共空間，二樓則全都是女生住的房間。凪沙與藍羽淺蔥各住一間，最大的雙人房應該是雪菜與江口結瞳在使用。

「呃，畢竟我們倆要是硬闖淺蔥或姬柊學妹的房間，不就構成犯罪了嗎？」

矢瀨仍被古城架著，還一臉正經地答話。原來你姑且有犯罪的自覺啊？如此心想的古城反而服了矢瀨。

「從這點來說，親哥哥進自己妹妹的房間就沒有任何問題啦。」

「不，我倒不敢說沒任何問題……」

古城帶著苦澀的臉吐氣。曉家兄妹的感情還算融洽，但古城要是擅自進凪沙房間，她照樣會生氣才對。

「再說先拉凪沙加入的話，我們要進其他女生的房間也會比較方便。」

「啊～～……」

聽完矢瀨的後續說明，古城便莫名地服氣了。從一開始，這男的就打算拖凪沙加入突襲把人挖起床的企畫。有凪沙陪的話，被擅闖房間的淺蔥與雪菜確實就不太能說重話。

「所以嘍，古城，為了迴避挨告的風險，麻煩你說服凪沙。」

「欸，別做會有挨告風險的壞事啦，從一開始就別做。」

古城無力地慨嘆而感到疲軟。矢瀨則掙脫他的手臂，一臉嚴肅地清了清嗓子。接著矢瀨忽然壓低聲音，私語般拋出一句：「各位觀眾早安。」

「——現在時間是上午五點。目前，我們來到了曉凪沙的房間前面。」

「矢瀨，你在向誰實況什麼東西？」

「所以嘍，我們打算趕快進房間看看。出發！」

「出發個頭啦！」

古城揪住矢瀨的領子，並且從他手裡搶走了門禁卡。就算是好朋友，要讓其他男生看自己妹妹的睡相，古城心裡還是會有抵抗。

「夠了，給我在這裡等著。把凪沙叫醒就行了吧？」

「哦，你願意配合啦？」

「總比放任你亂搞像話。」

古城一邊用疲倦的聲音回話，一邊將門禁卡插上門鎖。ＬＥＤ發出藍光，原本鎖著的門隨之開啟。

「凪沙，抱歉。我進去一下。」

古城低聲這麼說完，就踏進凪沙的寢室。有夜燈照著的房間意外明亮，不用靠吸血鬼的視力便能環顧房裡狀況。

一張床、沙發以及桌子。尋常無奇的單人房。話雖如此，這裡到底是高級別墅，每個房間都設有獨立的洗手間和浴室。

不愧是整頓魔人凪沙住的房間，室內整理得很乾淨。零碎的物品及雜貨收拾有序，替換的衣物細心摺好，都疊在桌上。

唯一凌亂的是床鋪周圍。躺皺的床單上有隨手擱著的空調遙控器，當成睡衣穿的短褲與無袖上衣也在脫掉後被扔在一邊。要緊的凪沙卻不見蹤影，房裡沒有人。

「……凪沙？這種時間，她會跑去哪裡……？」

古城的額頭冒出一陣汗水。照常理來想，應該判斷這是凪沙跑去淺蔥或雪菜房間玩的狀況。可是，那就無法說明凪沙的衣服為何會脫在床上，而且房門仍鎖著這一點也令人不解。

難道說，她被擁有空間移轉(Teleport)能力的某個人拐走了——古城擔憂妹妹安危的念頭因而失控，甚至從天外飛來這樣的假設。隨後……

恐懼得杵在原地的古城背後傳來門把喀嚓轉動的動靜。

「唔～～好險好險。」

從隔音效果佳的浴室裡冒出了蒸氣、些許肥皂味與耳熟的妹妹嗓音。白皙肌膚泛上一絲紅潤的凪沙打開門，並且探頭現身，一副只在肩膀上披了條浴巾的無防備姿態。

「要換的衣服忘記帶進浴室了呢。幸好今天晚上我住單人……房？」

凪沙開朗地一面自言自語一面回到寢室，就發現杵在原地的古城，因而茫然地睜大眼睛。那是無法理解發生了什麼事的表情。

反觀古城也默默地停止不動。畢竟原本還擔心是不是被拐走的妹妹忽然光溜溜地出現了，他當然不可能立刻想到自己該說什麼話。

然而，那種尷尬的沉默只持續了短短一瞬。

凪沙橫眉豎目地朝古城瞪過來。

「古城哥！你為什麼會在這裡！房間的門鎖，我明明有鎖上耶……！」

「等、等等，妳冷靜點。我這是有緣故的……話說，妳怎麼會在這種時間洗澡？」

「我沒開空調睡覺就滿身大汗地醒來，才想沖個清爽後睡回籠覺啊！」

「原、原來如此……」

這樣啊——古城深感理解。聽對方一說，就發現事情很單純。因為流了汗，便脫掉衣服，然後去洗澡。無可挑剔且十分明快的道理。

「可是，既然妳沖了澡，就要記得擦乾啦。會感冒喔。」

不是都還濕淋淋的嗎——古城關心妹妹的身體，並且若無其事地準備離開房間。凪沙呆愣地眨眼說：

「啊，對喔……欸，站住，不准逃！古城哥你這變態是來做什麼的！」

「唔嘎……我的眼睛！」

被濕毛巾像鞭子一樣抽在臉上，使得古城捂著雙眼慘叫出來。

幾分鐘後。換完睡衣的凪沙要古城與矢瀨在走廊上罰跪，還用鄙視的眼神俯視他們。

「——換句話說，你們兩個打算突襲淺蔥和雪菜把她們挖起床，才想到要來叫醒我當助攻手……對嗎？」

「不是啦，就跟妳說都是矢瀨想的，我沒有。」

古城困擾似的側眼望向矢瀨，矢瀨就一臉與已無關地低聲吹起口哨。

「唔～～矢瀨～～……」

凪沙低聲咕噥，一邊對矢瀨賞了白眼。於是，從她脣邊露出了彷彿打著壞主意的自信笑容。

「ＮＩＣＥ喔，虧你想得出這種好企畫！」

「咦咦！」

古城看妹妹豎起拇指比讚，就呆愣地睜大了眼睛。這樣才對嘛——矢瀨擺出架勢叫好，凪沙則心服似的連連點頭。

「就是啊。難得來度假勝地過夜，突襲把人挖起床是一定要的。我也覺得好像還有玩得不過癮的地方。啊，對了，相機相機。我要把淺蔥和雪菜她們的睡臉記錄下來才可以。」

「掌鏡交給我。這隻手機內附的相機，可是附了最新的夜拍補強功能。」

「這樣的話，不開燈也沒問題嘍。」

「欸，我說你們……慢著慢著！」

古城連忙制止跟矢瀨一樣莫名有興致的妹妹。

「那樣好嗎？說起來，姬柊的睡臉妳早就看過好幾次了吧？畢竟她家就在隔壁——」

「找雪菜來我們家住然後一起睡覺一起醒來，跟出門旅行時突襲把她挖起床是完全不同的啊。」

你在說什麼嘛——凪沙帶著傻眼的臉色回望古城。古城則略感混亂地心想：是哪裡有什麼不同啦？

「既然決定要這麼辦，我們趕快到她們的房間看看吧。事不宜遲，早起的鳥兒有蟲吃，時間就是金錢。」

矢瀨列出有爭議的格言，並且舉起手機站起身。

凪沙整理好睡衣的衣領，還面對鏡頭擺出正經的笑容。

「……各位觀眾早安，我是曉凪沙。淺蔥就住在這個房間，我打算偷偷進去打擾。」

「你們非要假裝自己在轉播節目嗎……」

古城看凪沙突然開始實況轉播，就生厭地板起臉孔。凪沙與矢瀨則在這段時間擅自開了門鎖，摸進淺蔥的寢室。

與凪沙井然有序的房間形成對比，室內東西散亂而充滿生活感。大量充電中的電子機器；擱在地板上不管的行李箱；色彩繽紛的化妝品與保養品。在女生房間特有的甜甜香味

中，淺蔥正靜靜地臥床打呼。

「麻煩妳先檢查她的行李～」

「好好好，行李行李。不愧是淺蔥耶，滿滿都是時髦的衣服～～」

受到擔任導演的矢瀨指示，凪沙翻起淺蔥的行李箱。從中出現了簡直多到前所未見的大量服飾。

「不不不，衣服未免多過頭了吧！難道她的行李箱跟四次元相通嗎？」

古城被龐大的替換衣物嚇倒，都忘了要攔阻凪沙他們。那大概是為了因應各種場合而準備的，可是再怎麼說也太多了，光泳裝似乎就有十套左右。

「哎呀，這是淺蔥昨天穿過的泳裝，滿大膽的款式耶。拿去，古城哥。」

「為什麼要給我！」

古城反射性將凪沙遞來的泳裝接到手裡，然後尷尬地僵住了。因為已經洗過晾乾，理論上應該無異於普通布料。即使如此，古城看淺蔥穿過這個就難免會意識到。

「桌上全是電子機器呢，另外就是化妝品與……哎呀，我發現不得了的東西嘍。這是牙刷，淺蔥用過的牙刷。拿去，古城哥。」

「就說別給我了！我拿這種東西是要做什麼！」

「接著終於要拜見淺蔥讓我們期望已久的睡臉嘍……唔哇！」

凪沙不理會哥哥的困惑，往床鋪走去，然後就連聲音都忘了壓低地微微驚呼。她感動得冒出淚光，並且傷腦筋似的朝古城望過來。

「怎麼辦，古城哥？實在太可愛了耶！」

「有嗎……？給人的印象確實跟平常不同就是了。」

古城望著持續沉睡的淺蔥，微微地歪過頭。沒化妝還將頭髮綁成麻花辮的淺蔥看起來比平常稚氣，這是她起初跟古城認識時的氣質。要說的話，這應該才是淺蔥的本質。假如她肯從平時就保持這種文靜的模樣，受男生歡迎的程度大概會遠勝現在吧——古城事不關己似的心想。

「睡衣也好可愛，而且還有點性感……怎麼辦，我好像有點心動了耶。欸，矢瀨，你在做什麼？趕快拍照！拍照！」

「交給我吧～～」

被看似興奮地說個不停的凪沙命令，矢瀨便連按手機的攝影鍵。快門聲接連響遍安靜的寢室，使得淺蔥「嗯？」地蹙了眉頭。

淺蔥晃了晃長長的睫毛，緩緩張開眼皮。房裡鬧得這麼厲害，她會醒來也是當然的。

「……你們幾個，是在做什麼？」

淺蔥用剛睡醒的不悅嗓音問道。原本就五官鮮明的她，即使沒化妝也不會導致印象有太

大落差。冷冷的強烈視線讓矢瀨舉著手機僵住不動。

「早、早安。」

我們是來突襲把人挖起床的——凪沙帶著緊繃的笑容問候。可敬的直播員精神。

「原來如此……我大致曉得情況了。連凪沙都跟著一起鬧……」

淺蔥緩緩朝昏暗的房裡看了一圈，然後慵懶地嘆氣。

「對不起喔，淺蔥。可是妳想嘛，難得出來度假，再說，妳的睡臉那麼可愛。」

凪沙連忙低下頭緩頰，矢瀨則自豪地表示：拍到精彩照片嘍。

淺蔥露出一絲冷漠的笑，隨即伸手拿了擱在枕邊的手機。

「摩怪！」

『知道嘍，小姐。』

與淺蔥搭檔的人工智慧(AI)發出嘲諷般的咯咯聲。下個瞬間，矢瀨的手機就冒出了刺耳的沙沙雜音。

「咦？唔喔！這怎麼回事！欸，我的手機……！中病毒了嗎！」

矢瀨立刻打算重開機，手機卻不聽從主人的操作，閃爍的螢幕上映出了附骷髏標誌的炸彈。不久導火線燃燒殆盡，矢瀨的手機便在同一時間陷入沉默。淺蔥似乎是從外部駭入手機，並將儲存的資料破壞了。矢瀨緊握無法重振的手機，趴在地上發抖。

「所以說，這次到底是誰出的主意？」

哼——淺蔥粗魯地哼聲逼問古城等人。

一瞬間，矢瀨與凪沙不約而同地將視線轉向古城。

「欸，你們兩個！慢著，淺蔥！不是的！我好歹有阻止過他們啦！」

古城拚命搖頭主張自己是無辜的。

淺蔥則對古城露出人工般的優雅微笑。

「手裡緊抓著別人的牙刷辯解也沒有說服力喔。」

「也、也對喔……等等，不是那樣啦，這是凪沙硬塞到我手上——」

「少囉嗦，給我出去～～～～！」

「唔喔……！」

被淺蔥用低反發枕頭扔中臉，古城整個人往後倒。

「所以嘍，我們現在終於要朝雪菜跟結瞳的房間展開突擊了。」

「妳還想繼續啊……」

古城看凪沙又開始實況轉播，就愁苦地蹙眉。

矢瀨插入萬用鑰匙，態度彷彿在說：當然要嘍。即使被淺蔥那樣狠狠地教訓過，他似乎還是沒學乖。

放任他們倆不管肯定也會跟著遭殃，因此古城認命地跟在凪沙他們後頭。

雪菜與結瞳的寢室是比其他房間大了一圈的雙人房。或許是因為兩個人行李都少，房間裡收拾得很乾淨。睡在近處那張床的是個像貓咪一樣蜷著背的嬌小少女。

「這位是結瞳小妹妹。我們發現正在睡覺的結瞳了。」

凪沙放輕腳步靠近在睡覺的結瞳。結瞳從短髮底下露出的耳朵微微顫抖著，但她沒有醒來的跡象。

「她穿在身上當睡衣的就是這件大尺寸T恤吧。從寬鬆的T恤下襬露出了能讓行家垂涎的可愛雙腿，還有這鼓鼓的臉頰簡直……」

「喂，凪沙！口水，妳的口水！」

凪沙興奮地不停解說，古城便遞了面紙給她。實際上，結瞳稚氣的睡相就像小動物一樣惹人憐愛，感覺凪沙會失控也是難免。這時候，矢瀨似乎看穿了古城的心思，就帶著關愛的眼神聳聳肩說：

「傷腦筋，真是拿這對兄妹沒轍。」

「啥！你等一下，我什麼都沒做吧！」

「矢瀨、矢瀨，重要的是攝影……啊，都忘記你的手機壞了。沒辦法，用人家的手機拍吧。」

「都叫妳住手了啦！」

古城拚命阻擾開始攝影的凪沙。偷拍小學生未免太有犯罪嫌疑。

「嗯……」

結瞳大概是察覺到古城他們像這樣爭執的動靜了，因而蠢動著搖了頭。以年齡來說顯得成熟的大眼睛朝古城等人仰望而來。

「……結、結瞳？」

形同跟她四目相望的古城硬是擺出了僵硬的客套笑容。

呵呵——結瞳使壞似的瞇細眼睛，還愉快地揚起嘴角。

「哎呀……怎麼了嗎，各位？該不會是來夜訪我的？」

「唔……妳現在的人格是莉琉嗎！」

結瞳的言行格外挑釁，讓古城背脊一僵。

莉琉是結瞳內面的人格，為了讓結瞳掌控名為「夜之魔女（莉莉絲）」的世界最強夢魔（Succubus）之力，以人工方式製造的另一個自我。

幸好現在的莉琉似乎無意傷害古城等人。她揉著沒完全睜開的眼睛，略顯不捨地回望古城他們說：

「不過，對不起。今天早上我還很睏……晚安……」

說著她就再度閉上眼睛，而且還立刻開始平穩地打呼。

「結瞳……？」

古城確認結瞳完全入睡以後才捂了捂胸口。要是讓她在這種地方動用夢魔之力，又會釀出大慘劇。

然而，要放心還太早。好似在嘲笑古城就此鬆懈，從背後傳來有人倒下的聲音。古城回頭望去，便看見矢瀨像屍體一樣橫臥在地。

猛一回神，連凪沙都趴在結瞳的床上睡著了。他們倆似乎是受到結瞳的心靈支配，因而強迫入眠了。只有身為吸血鬼的古城不受夢魔能力影響。

「欸，喂！矢瀨！凪沙！」

獨醒的古城留在昏暗房間裡，只能仰天感嘆：饒了我吧。

既然凪沙與矢瀨都睡熟了，再繼續突襲把人挖起床也沒有意義，留在這裡反而是有危險的。回自己的房間睡回籠覺吧——如此心想的古城隨口吐氣後……

「——唔！」

在古城眼前，有某個人爬起身的動靜。

姬柊雪菜正用讓人感受不到生氣的安詳眼神凝望古城。

她身上的服裝是別墅提供的古風浴衣。或許是嬌弱的體態與黑髮所致，即使保守地說也十分合適，甚至合適到令人有些不安。

「姬……姬柊……？」

雪菜一語不發地起身靠近，使得古城帶著害怕的表情回望她。

雪菜神情迷茫，完全判讀不出情緒。她都沒有表露出憤怒或動搖，如此意外的反應倒是讓古城感到不安。

隨後雪菜苦笑似的瞇起眼，用溫柔的語氣朝古城喚道：

「紗矢華。」

「……咦？」

「時間這麼晚了，妳在做什麼啊，紗矢華？」

雪菜傻眼般嘻嘻笑著，一邊牽起古城的手。她的視線是向著古城，感覺卻又好像在看著古城以外的人。

「呵呵，妳又作了惡夢嗎？」

雪菜像在哄小孩般摸了摸古城的頭。她那樣的奇特舉動讓古城覺得有些眼花。

「……姬柊，妳該不會是睡迷糊了？」

「我才沒有睡迷糊呢。」

說什麼呢——雪菜賭氣似的噘起嘴脣。好比身處於看醉鬼主張自己沒醉的心境。

看來雪菜似乎把古城誤認成過去的室友煌坂紗矢華了。主張自己作了惡夢來向雪菜撒嬌——一聽就覺得是紗矢華會做的事。

「哎喲，我就只有今晚可以陪妳一起睡喔。」

雪菜牽著啞口無言的古城回自己床邊。力氣意外地強，使古城完全沒辦法違抗。雪菜似乎在無意識間鎖住了古城手腕的關節。

古城被合氣道的技巧摔到床上後，雪菜便順勢貼向他。

「慢、慢著，姬柊。是我啦，是我！」

古城認為再這樣下去實在不妙，就扯開了嗓門。古城那種危機感似乎發揮效用了，雪菜眨起眼睛問：

「……曉學長？」

「呃，等等，不是的。要說明會很冗長，這種突襲把人挖起床的行為，有其歷史與文化上的典故……」

古城仍被按在床上，快言快語地不停辯解。畢竟雪菜就算恢復清醒，古城也還是處於尷尬的立場。

雪菜默默聽了一陣子古城那支支吾吾的藉口，然而——

「我明白了。」

「是嗎？妳能理解啊……咦？」

「一個人居然會睡不著，你真是個需要照料的吸血鬼呢。」

雪菜溫柔地把古城擁入懷裡，彷彿在安撫疑惑的他。疑似沒穿胸罩的雙峰帶有柔軟彈性，讓古城感到窒息。

「我說過……不是那樣啦！」

「不要緊喔，學長。我會好好監視你到早上——」

「咦！喂，等一下，姬柊小姐……？」

黏著古城的雪菜就這麼再次閉上眼睛。隨便碰她怕會讓浴衣掀開，因此古城也不敢強行把她甩開。

從浴衣領口露出的纖瘦鎖骨與白皙肌膚；從緊貼的胸口傳來彼此的心跳。

如果在迎接早晨以後，雪菜真的就這樣醒來，等著古城的八成會是一場大混亂吧。理應無法當成突襲整人收場的真正恐慌將至，古城想到那一刻就怕。

雪菜則對古城的焦慮渾然不覺，還純真無邪地繼續睡覺。

「這次請學長要作個好夢喔。」

雪菜的夢話猶如呢喃，輕輕地逗弄了古城的耳朵。

第二話
第四真祖不會游泳
-Stormy Sky-

絃神島位於太平洋中央，是一座漂浮在東京南方海上三百三十公里處附近的人工島。它身為最先進的學術都市，同時也是國內唯一讓人類與魔族共存的「魔族特區」。

然而基於地區特性，那座四季皆夏的魔族特區一整年都暴露在某種威脅下。

發生於熱帶、亞熱帶地區洋上，透過暴風及豪雨帶來莫大損害的自然天災——

換句話說，就是颱風。

「真假……單軌列車都停駛了啊。」

曉古城望著手機顯示的交通資訊畫面，茫然地嘀咕。

世界最強吸血鬼——儘管他頂著如此荒謬的頭銜，外表卻是個臉色慵懶，感覺隨處可見的男高中生。制服外披著的白色連帽衣被雨淋得濕漉漉，還有水珠從色澤黯淡的瀏海滴落。

時間剛過下午五點，天空陰暗得像半夜。絃神島全區從中午過後就被涵蓋於今年第十八個颱風的暴風圈了。

「公車班次好像也全部停駛了，據說公路幹道現在禁止通行。」

姬柊雪菜收起被吹壞的傘，撥了撥淋溼的頭髮。

雖然她穿著彩海學園國中部的制服，真實身分卻是獅子王機關的見習劍巫，由政府派來監視古城的人員。

他們倆正在彩海學園的體育倉庫裡避雨。放學偶然耽擱到的古城他們一離開校舍，豪雨就迎面而來，所以他們急忙趕到位於附近的這棟小小建築物。

「要走路回家似乎有困難。」

古城坐在體育倉庫裡的軟墊上，深深嘆氣。

是啊——雪菜附和說道：

「據說路面積水了，感覺很危險。何況學長你又不會游泳。」

「不、不是啦，與其說我不會游泳，吸血鬼本來就沒辦法越過流動的水吧！」

「那項學說已經被證實純屬迷信了耶。」

「少囉嗦。颱風這麼大，換成我以外的人游泳過河照樣會死啦！」

古城瞪著流過窗外的雨水，大力強調。長在倉庫後方的雜木樹枝晃得厲害，出外走動明顯會有危險。

「風勢好像又變強了呢。」

「對啊，姬柊，所以我才叫妳先回家，不用等我補課結束。」

雪菜無心的一句嘀咕使得古城有些內疚地聳了聳肩。

他們倆會耽擱到回家的時間，都是因為出席天數不足的古城被留下來補課。假如能早一個小時離開學校，雪菜自己應該還是能平安到家。

然而，雪菜抱著裝了銀色長槍的硬盒搖頭表示：那怎麼可以呢？

「那可不行。因為我是學長的監視者。」

「監視個屁啦，我在這種暴風雨當中能幹什麼？明明連外出都有困難。」

古城托起腮幫子並且煩厭地咕噥。交通工具已經癱瘓，校舍恐怕也早就上鎖了。在這附近找不到其他能避難的地方。風雨的高峰期是今天深夜，搞不好今晚他會落得跟雪菜兩個人就這樣在體育倉庫過夜的下場。饒了我吧——古城不由得仰頭向天。

於是，有條全新的運動毛巾遞到這樣的古城眼前。

「學長，請擦身體。再這樣下去，你會感冒喔。」

「啊，不好意思。話說姬柊，妳那樣沒問題嗎？」

「我嗎？」

雪菜一邊把毛巾遞給古城一邊愣愣地歪過頭。古城不由得把視線從她的胸前挪開。

「呃，妳的制服濕了，所以說，內衣會透出來——」

「咦？」

雪菜視線落在濕掉的制服上，然後「啊」地微微露出苦笑。接著她拉開制服胸口，主動

把偏黑的內衣露給古城看。

「這不要緊，因為是泳裝。」

「咦，泳裝？為什麼？」

「今天游泳課暫停，就沒有用到泳裝。我想到大概會有這樣的狀況，剛才就在制服底下預先穿好了。」

「這、這樣啊。難怪……」古城望著雪菜隔著制服透出來的泳裝，放心似的說道：「我就在想，難得妳會穿黑色內褲。」

「啥？」雪菜責問古城，表情隨之僵硬。「原、原來你看見了嗎，學長！」

「不是我要看啦，是妳露出來了。剛才被風掀開的。」

古城淡然告知事實。逃進體育倉庫前，雪菜的裙子被強風吹得春光外洩了。當時她看起來像穿了黑色內褲，現在回想就會知道那大概是校用泳裝的一部分吧。

古城就這樣自顧自地表示理解，雪菜卻莫名臉紅地狠狠瞪著他說：

「下、下流！」

「為什麼啦！姬柊，妳剛才也說不要緊就露給我看了吧！」

「就算那樣，學長也不可以擅自偷看！我也需要心理準備的！」

雪菜在跳箱上掩著制服的裙襬，氣得鼓起臉轉過頭。古城已經搞不懂什麼是什麼了。該不會有心理準備就可以看吧？他冒出這樣的疑問。

「我說啊，姬柊。」

「請學長別靠近。我會捅人喔。」

「不是那樣啦，總覺得，水位是不是上升了？」

從倉庫門縫滲入的水量正在加劇，也就是所謂淹水的狀況。連古城坐著的軟墊也開始吸了不少水。

「會是排水溝湧出來的嗎……？」

雪菜不安地望向體育倉庫的窗戶，面朝學校後頭平緩斜坡的方位。

「這棟建築物的地基經過加高，我想不會有問題就是了。」

古城說著看向天色昏沉的窗外。隨後，伴隨著有如激流沿瀑布而下的猛烈聲響，有東西從斜坡滑了下來。

無人的小貨車乘著混濁泥水，聲勢驚人地被沖刷而來。

那輛車似乎是在泡水後動彈不得，就被棄置在斜坡上。吸過雨水軟化的斜坡崩坍後，它便連同沙土與行道樹一起流落至此。

小貨車呈現出斜傾的可憐模樣，正好卡在古城他們躲雨的倉庫旁邊——區隔校地與馬路的排水溝，停住了。流動的泥水從被沙土掩埋住的排水溝湧出，骯髒的車體隨即逐漸往下

沉。幸好體育館的地基比排水溝的位置高了許多，即使擱著不管應該也沒有危險。當古城如此心想而鬆了口氣時——

「貓……？」

雪菜望著窗外倒抽一口氣。她發覺有一隻小小的生物正在小貨車貨臺的篷布上發抖。

「牠是躲進小貨車就一起被沖下來了嗎？不妙，照這樣下去——」

古城撇嘴發出僵硬的嗓音。湧現的濁流越漸洶湧，小貨車又快要被沖走。貓原本就因為強風豪雨而耗弱了，沒力氣從車上逃脫。

憑直覺理解到這一點的瞬間，古城還沒思考就先行動了。

「抱歉，姬柊！麻煩妳讓開！」

「學長？你打算做什麼——！」

雪菜瞠目結舌，古城就在她旁邊推開了倉庫的窗戶。他直接朝眼底的小貨車跳下去。滑溜的車頂讓古城失去平衡，不過他仍勉強讓自己平安著地。隨後古城迅速伸出手，抱起了顫抖的貓。

然而幸運僅止於此。小貨車承受不住迎頭而來的狂風與濁流，載著古城他們就這麼翻倒了。古城抱著貓跌進濁流當中。

「咳！可惡，這樣還是太勉強了嗎！」

古城拚命想回到體育倉庫，卻不可能對抗連小貨車都可以沖走的濁流。連站起身都無法從心所欲的他就這麼被泥水吞沒。隨後——

這下死定了——當古城彷彿事不關己地如此意識到的瞬間，有細細的網狀物體將他綑住了。

「這什麼玩意兒？網子嗎……」

「學長，請你抓好！」

雪菜將體育倉庫裡保管的網球場分界網扔進了濁流當中。她恐怕靠咒術強化了肌力吧。她把那面網當成漁網來用，以便將快溺水的古城拖上去。

全身濕漉漉的古城被拖上來回到倉庫裡則是幾分鐘後的事。他救的貓當然也一起。

「還、還以為死定了。讓妳救了一命，姬柊。謝啦。」

古城倒在軟墊上，用累透了的語氣向雪菜道謝。獲救的貓則迅速從古城的臂彎裡鑽出，並且使勁甩動濕掉的身體。

雪菜眼角泛淚，瞪著古城說：

「真是的，學長在想什麼啊！明明又不會游泳，還那麼逞強——」

「哎呀，感覺我一個人就算淹死也還過得去。多虧有妳，這隻貓也得救了。」

哈哈——古城帶著自嘲般的態度笑了笑，然後一連打了好幾個噴嚏。

就算紘神島四季如夏，在颱風天弄得渾身濕也難免要著涼。古城全身抖個不停。他露出沮喪的表情，動手將制服襯衫擰乾，而雪菜默默地朝他望了一陣子。不久，雪菜就死心似的嘆氣說：

「受不了……學長真是個需要人照料的吸血鬼呢。」

話說完，雪菜依偎著上半身赤裸的古城的肩膀坐了下來。她也不管原本快乾的制服再次沾濕，只顧把身體湊過來。

面對這突兀的行動，心慌的是古城。古城全身僵硬，視線轉向她那近在咫尺的臉龐——

「姬、姬柊……妳、妳這是做什麼……？」

「請學長別動。小心會感冒喔。」

雪菜用規勸年幼孩童般的口吻向古城下令。接著，她悄悄把古城的胳臂摟到自己的胸前問道：

「學長，這樣溫不溫暖？」

「呃，相、相當溫暖，應該說，我覺得都熱起來了……」

雪菜稱得上獻身的這項舉動，讓古城感覺到自己的體溫急速上升。雪菜恐怕沒別的用意，頂多是想讓古城冷得發抖的身體取暖，來當成救貓的獎勵吧。雪菜有時不太明白她的柔軟彈性與肌膚溫暖能對古城的精神狀態造成什麼影響。

窗外已經昏暗，體育倉庫裡恰好鋪著合用的軟墊，現場只有古城他們倆加一隻貓。太過老套的情境讓古城充滿遐想，刺激了以性慾為導火線的吸血衝動。喉嚨不由自主地喊渴，古城的視野染為深紅。擁有世界最強吸血鬼「第四真祖」頭銜的少年，隨即粗魯地掙脫負責監視他的少女說：

「抱歉，姬柊。我撐不住了……」

「咦？學、學長！」

古城當著訝異的她面前，盛大地噴出了鼻血。他品嘗著流進口腔的自身血液，當場癱軟倒地。

「學長！請你振作點，學長！」

雪菜依然不明白出了什麼狀況，還拚命搖晃滿臉是血的古城。不曉得老天對體育倉庫裡的狀況是否知情，窗外的風雨變得更大了。

貓咪嘆氣似的「喵」了一聲，「魔族特區」的暴風雨之夜漸深——

第三話
拂曉的天空與星辰灑落之夜
-Starry Sky-

「學長！曉學長！請看，好多星星……好美！」

姬柊雪菜從海角的瞭望臺仰望天空，還興奮得喊了出來。

眾星的光芒填滿了空氣澄澈的冬季夜空。

圍巾飄揚於她回過頭的頸邊，白茫氣息被夜色吸收而隱沒。

「有夠冷……！」

曉古城駐足於雪菜身旁，背部打了個哆嗦。

他們倆來到面朝日本海的北陸地方某縣。流入的冷空氣影響令氣溫降到冰點以下，吹來的海風冷得好似要割裂皮膚。

對居住在四季皆夏的絃神島的古城他們來說，是頗為嚴苛的環境。

「這是怎樣！冷到不行耶！話說，連風都好冰……真的會死人。冷死人。」

「哎喲，學長，請你振作一點。」

你明明是擁有不死之身的吸血鬼——雪菜用怪罪似的視線朝古城看來。

「難得來看流星雨，氣氛都被學長搞砸了嘛。」

「即使妳那麼說，會冷就是會冷，我又有什麼辦法。」

古城冷得牙關作響，並噘起了嘴脣。

「說起來，為什麼光為了看流星雨就要專程跑來本土啊。看個流星而已嘛，我覺得在絃神島也一樣看得到。」

「可是，難得南宮老師招待我們啊。旅館很棒不是嗎？」

「哎，飯菜確實是好吃啦……生魚片新鮮，肉也豐盛。」

古城想起旅館端出的晚餐內容，便陶醉地閉上眼睛。

南宮那月想觀測規模據說幾年才有一次的流星雨，就邀古城他們同行。感覺並不是沒有幾分古怪，然而旅費及滯留的開銷都有那月幫忙出，分外的優惠讓古城他們目眩神迷，因此就跟著來了。

令人意外的是那月安排了老字號的高級旅館，準備給古城他們的房間以及餐點都優質得無可挑剔。

「而且浴池也是天然溫泉，十分豪華呢。」

「溫泉啊～～……我倒希望直接回旅館，然後泡個澡放鬆……」

「不可以喔。重要的流星雨都還沒看到啊。」

雪菜安撫似的這麼說道，然後又仰望夜空。

忽然間，雪菜板起了臉。

「姬柊……？怎麼了嗎？」

「沒有……對不起。但是，我好像有某種負面的感覺……」

「負面的感覺？」

古城蹙眉望向天空。

滿天星斗仍舊靜謐清澄，感受不到異相。話雖如此，雪菜是傑出的靈能力者。她會表示有不祥的預感，就莫名令人介意。於是——

「妳發現了是嗎？厲害，獅子王機關的劍巫。」

從古城他們背後突然傳來了一陣有些稚氣而高傲的嗓音。虛空如漣漪般晃動，身穿貴氣禮服的南宮那月隨之出現。

古城訝異地轉向她那邊問：

「那月美眉？妳怎麼突然跑來了……？」

「剛才宇宙航空研發管理公社捎來聯絡。據說這次流星雨包含的零碎天體有部分會跟邇藝速日產生撞擊。」

「邇藝速日？太空站的實驗模組嗎？」

雪菜驚訝地反問，那月就面無表情地點了頭。

「沒錯。作為日本製造的有人實驗設施，主要用來在太空中研究魔法。兩年前退役後，就以無人的狀態遭到棄置了。」

「既然裡面沒人，被隕石撞上也不會有問題吧？」

古城用毫無緊張感的語氣點出癥結。

那月卻不悅地搖頭說：

「不……原本邇藝速日預定將在接下來花幾年的時間慢慢解體，流星的衝擊卻使它改變軌道，目前正開始朝地表墜落。邇藝速日的重量為七十五噸，即使突破大氣層之際將產生高熱，應該也不會燒光。」

「不會燒光……欸，那事情不就糟了嗎？」

古城總算察覺狀況有多嚴重，表情隨之僵硬。

嗯──那月面無表情地點頭。

「邇藝速日七零八落的碎片一旦落在地表，估計會對全世界的都市造成莫大損害。日本當然也不例外。所以該由你出場了，曉古城。」

「……啥？」

突然被指名的古城感到困惑。

面對將落在全世界的太空站碎片，區區吸血鬼感覺並沒有機會出場。然而，那月回望疑惑的古城，賊賊地揚起嘴角說：

「趕在邇藝速日衝入平流層前將它爆破，粉碎成到不了地表的尺寸。靠你那些眷獸的破壞力應該很簡單吧？」

「妳該不會……是要叫我去炸掉它？炸掉那座墜落的太空站……？」

「放心。我會帶你上平流層。」

話說完，那月指了附近的沙灘。

那裡有陌生的技術人員正圍著宛如巨大水母的物體持續作業。

看來那隻巨大水母的真面目是氣球，外表莫名輕薄又靠不住的氣球。氣球底下恐怕裝了用來載人的氣密艙。

古城目瞪口呆地望著那東西驚呼：

「妳說要帶我去，那只是顆氣球耶！」

「足以上升到高度五十公里，並抵達平流層邊界的高空氣球。按照推算，我們預計可以在九十五分鐘後跟邇藝速日接觸。」

「難道……妳帶我們來本土就是為了這個嗎！從一開始妳就打著要派我去炸掉太空站的主意……？」

「畢竟靠人工島管理公社的未來預測已經算出邇藝速日會墜落了。這就叫有備無患。」

那月不以為意地回望用白眼瞪過來的古城，還哼哼地笑。

古城這才無話可說。那月從一開始就是打算利用古城將太空站擊落，觀測流星雨不過是個藉口。

她會安排格外高檔的旅館，若是當作事成的報酬也就可以理解了。

「呃，學長，請你加油！」

雪菜露出看似同情的表情，卻還是拚命替古城打氣。

可是，那月冷冷地望著雪菜。

「妳怎麼會說得像是事不關己，姬柊雪菜？妳也要陪曉古城一起去。」

「咦？我、我也要嗎？」

「要攻擊以秒速七千公尺以上接近過來的邇藝速日，等肉眼捕捉到才出手就太晚了。妳擁有洞穿未來的能力，就由妳負責指示他出手的時機。」

「什、什麼……！」

雪菜睜大眼睛愣住了。

儘管雪菜具備高超的對魔族戰鬥能力，她當然不可能接受過往返平流層的訓練。就算獅子王機關的劍巫再有本事，航太方面到底不屬於專業範圍內。

然而如那月所說，缺了雪菜洞穿未來的能力支援，要迎擊邇藝速日並無可能。雪菜大概是理解這一點，因而露出悲壯的表情垂下頭。

「差不多到出發的時間了。我幫你們準備了加壓服，先換上吧。對了，平流層底部的氣溫可是零下七十度，盡量別感冒。」

那月瞥向開始膨脹的高空氣球，用公事公辦的口氣告訴他們。

古城則帶著絕望的臉色仰望夜空，然後嘆息說：饒了我吧。

†

「打開……學長，請打開降落傘……不行，要撞上了……地面……地面正在朝我們逼近……！」

「好恐怖……自由落體好恐怖……」

雪菜與古城空虛的嘀咕聲，在黎明前的海岸喃喃響起。

迎擊完邇藝速日的他們再次回到地表已經是接近天亮時的事了。

高空氣球原本就打造得輕巧到極限，受到邇藝速日爆破的反作用力便輕易爆開。載著古城他們的氣密艙遂由高度五十公里的上空朝地表墜落。

靠著緊急用的降落傘，著陸勉強是成功了，但古城與雪菜仍在一時間有了死的覺悟。自由落體的壓倒性恐懼現在仍在他們倆心中留下深深的精神創傷。

「能待在地面上，感覺真好呢……」
不久，恢復神智的雪菜無力地露出微笑這麼說道。
「對啊……畢竟不戴氧氣面罩也可以呼吸……」
哈哈——古城乾笑，然後跟著虛弱地點了頭。
兩人坐在海邊的斜坡上，茫然望著海。
海平線於黎明前染白，天空描繪出淡淡的漸層色彩。
那片天空不時有光芒流過。
被摧毀的太空站碎片化為流星，墜落下來。
「哦……星光流過了。」
「咦，流星嗎！在哪裡？」
雪菜聽見古城無意間的嘀咕，頓時回神抬起臉。然而，當她將視線轉過去時，流星的光芒早已消失了。
另一邊的古城則在其他方位發現新的流星。
「啊，又有了。」
「好、好詐喔，都只有學長看見！太奸詐了……！」
雪菜嘔氣似的鼓起臉頰。為什麼要罵我啦——古城苦笑著說道：

「剛才有那麼多碎片灑落，遲早會看到更多吧。」

「啊！我看見了……我看見流星了！」

古城的話還沒說完，雪菜就發出欣喜的聲音。

她仰望的黎明天空有無數光芒橫越而過。在古城爆破邇藝速日之後，殘骸應該剛好繞了衛星軌道一周，正在通過日本上空。

雪菜凝望著星光流落，專心地在祈禱些什麼。

古城被她那端正的臉龐奪走目光。

「怎麼了嗎？」

雪菜察覺到古城的視線，便不可思議地這麼問。

這、這個嘛——古城含糊地搖頭說：

「沒有，我是在想，妳祈禱得相當認真。」

「咦？會、會嗎？原來學長都沒有許願嗎？」

「許願啊……姬柊，妳許了什麼願？」

「咦？呃……沒什麼，我……」

不知怎地，提高音調的雪菜臉紅了。

「對、對了！學長，我是希望你不要繼續對其他女生做下流的事。」

什麼願望啊——古城不由得板起臉。

「如果要向流星許願，總還有別的願望可以許吧！妳那樣許願，不就好像我平時就光會做下流的事！」

「咦，學長都沒有自覺嗎？」

「喂！」

「呵呵……我開玩笑的。」

看古城一副嘔氣的表情，雪菜嘻嘻笑了出來。

接著雪菜雙手合十，用祈禱般的嗓音細語：

「希望將來還能看見呢。下次，我們兩個要一起看真正的流星——」

是啊——如此回話的古城再度將視線轉向天空。

灑落的無數流星留下優美的軌跡，逐漸消失在拂曉的天空當中。

第四話
貓與劍巫
-Touch My Nose-

曉古城的臉就在旁邊。

第四真祖，世界最強吸血鬼。總是一臉慵懶的他用前所未見的溫柔眼神凝望著我。近得足以觸及彼此氣息的距離。被他用雙手用力抱起，我的身體輕盈地浮了起來。他的手指碰觸到的背有點癢，而且舒服。

他喚了我的名字。嘴脣緩緩接近過來。

放棄抵抗的我放鬆全身力氣。

兩人相觸的柔軟觸感隨即——

「學……長……？」

在早晨的白光當中，雪菜緩緩睜開了眼睛。

映入眼中的是印象有些疏離，家具也不多的一間公寓。

自己好不容易才漸漸看習慣的房間。

茫然間仍有幾分尚未夢醒，懷著如此的心境吐氣。

緊接著，湧上心頭的是強烈的害臊與內疚感。

她作了夢，與曉古城接吻的夢。

被獅子王機關選為監視者的自己，與身為監視對象的他。

況且雖說在夢裡，還是意識到自己感到高興。

「不……不是的，學長……我並沒有那種意思……啊啊啊啊啊啊！」

各種情緒同時在心坎裡作亂，讓雪菜發出串不成句的怪聲。

把臉埋進床單，雙腳亂踢的她羞得死去活來。

純屬作夢的話還好，還可以辯解是與現實相反的夢。

然而雪菜明白，剛才的是預知夢。劍巫的靈視能力讓她看見了未來的景象。

在距今不遠的未來，那場夢的內容將會成真。

這表示自己會跟他接吻。並不是在他瀕死時急就章的吸血行為，而是在定睛凝望著彼此的狀態。

「啊～～……唔～～……」

雪菜用枕頭蓋住脹紅的臉，發出了微弱的聲音。

自己並不討厭古城，不至於說死都不想被他吻。然而，他跟自己並不是那種關係。事情該有先後順序與心理準備，總之現在還不是時候。

「——真受不了，一個人在床上翻來覆去，妳這孩子在搞什麼？」

「唔哇！」

有聲音忽然落在頭頂，讓雪菜驚愕地跳起來。穩穩地坐在她床上的是一隻貓。長著閃耀的金眼，還戴著金綠寶石項圈的黑貓。

「師、師尊大人……？您怎麼會來這裡？」

雪菜呆愣地反問。這隻黑貓的真實身分是雪菜之師，獅子王機關的攻魔師「緣堂緣」派過來的使役魔。緣身為優秀得驚人的魔法師，正透過這隻使役魔的肉體從距離遙遠的日本本土對雪菜講話。

「還問我為什麼會來，妳的問候詞可真中聽。明明我為了幫不成氣候的門徒特訓，一大早就專程動身到此。」

「我、我差點忘記了。對不起！」

雪菜連忙端正姿勢。時間是上午六點十五分，早就過了她跟緣約好的時間。由於夢見那種情境，雪菜就不小心睡過頭了。

儘管雪菜自稱獅子王機關的劍巫，精確來說，她目前的職銜仍是見習劍巫。為了執行監視古城的任務，雪菜等不及修完培育課程就到了紘神島，這使她到現在還有許多尚未習得的咒術(Spell)與戰技(Skill)。

緣就是為了雪菜，偶爾會像這樣過來陪她進修。

今天則是她們預定要在早上特訓的日子。

「請師尊大人稍等。我立刻去準備。」

「啊，免了。今天就這樣吧。」

雪菜趕著要換衣服，就被黑貓悠哉地制止了。口氣固然隨便，但牠似乎並沒有在生氣。

雪菜一臉困惑地回望黑貓的臉。

「可是，我這副打扮耶。」

「穿睡衣就可以了，用不到妳那副身軀。今天訓練要用的，是這個。」

黑貓說著看向自己的背後。

有隻雪白毛色的小貓從面朝陽臺的窗戶縫隙無聲無息地鑽進了房間。

「用來訓練……呃，這是隻貓吧？」

「是貓啊。或者妳覺得用青蛙或蝙蝠比較好？」

雪菜用不安的語氣提問，黑貓便平靜地回答。

於是，雪菜也理解師父的用意了。

「難道說，這是要操控使役魔的訓練？」

「在監視任務派得上用場吧？」

「是啊，說得對。」雪菜點了頭。

即使同屬遙控系咒術，使役活生生的動物自由度會比只能照預設程式行動的式神更高，

而這種招式在操控上相對較難。其實無論哪一種，都屬於雪菜不擅長的咒術。

然而正如緣所說，只要有使役魔在，監視古城肯定會變得輕鬆才對。

「要妳同時操控兩具肉體，再怎麼說都還有困難吧。妳的本尊先在那躺著，今天就試著用這隻小貓的身體。」

「好、好的。」

雪菜躺上床閉起了眼睛。

實際上，這是雪菜第一次使役動物，不過她明白咒術的程序。

緣幫忙準備的白貓已經完成了作為使役魔的初期設定，接下來雪菜只要讓本身意識跟「她」接通就好。

『這就是……使役魔……！』

當雪菜感受到心靈同步的瞬間，她的五感就切換成小貓的了。

與其稱作遙控，感覺更接近於附身在小貓身上。

包含耳朵與尾巴在內，雪菜幾乎可以任意驅使小貓的身體，反倒是人類的肉體會讓她覺得操控起來不協調。

簡直就像小貓的身體才是自己的真面貌，雪菜甚至有這種錯覺。

「看來妳順利達成同步了。」

黑貓朝著化為白貓的雪菜說道。
雪菜打算回答「是」，脫口而出的卻只有「喵」的貓叫聲。
黑貓無奈似的搖搖頭。
「妳要講人話，再怎麼說好像還是有困難。也罷。總之今天的目的是讓妳適應這道術式，用那副身軀遊蕩一陣子看看吧。」
『是喔……』
「我要休息一下。因為不習慣早起，現在我睏得很。」
『呃……師尊大人？我要怎麼做才能解除跟使役魔的同步……？』
雪菜突然想到似的提問，這時候黑貓卻已經蜷縮成一團，開始打呼了。雪菜無計可施地嘆了氣，然後立刻振作精神。
幸好離雪菜他們上學的時間還有餘裕。為了適應操控使役魔，她應該盡量用小貓的身體長時間行動。
不過就算變成小貓的模樣，該做的事依舊沒變。雪菜的任務是監視第四真祖。獲得使役魔的身體以後，她要去的地方從一開始就決定好了。
白色小貓靈活地穿過窗戶打開的縫隙，往隔壁戶的陽臺而去。

曉古城覺得自己好像被誰盯著，就醒了過來。

那並不是懷有憎恨或惡意的視線，給人的印象溫婉得像是飼主在品味寵物的睡臉，或者母親守候著自己的孩子。

把視線轉向窗外，當然也沒有人在那裡。

即使如此，被偷看的感覺仍未消失。氣息酷似平時在身邊感受到的某人的視線。

「怎麼搞的……？」

古城甩著仍有些睡迷糊的頭，回想起那種視線的真面目。

隨後，可以聽見窗外有小貓「咪嗚」的慘叫聲，接著還有吵鬧些什麼的動靜。於是從隔壁的客廳傳來了「噠噠噠」的粗魯腳步聲。

古城的房門被敲都不敲一下地打開，闖進來的是他妹妹凪沙。

「古、古城哥！有貓耶，貓！」

「啥……」

「你看，小貓咪！牠剛才待在這個房間的窗外！」

制服外圍了圍裙的凪沙說著便高舉雙手。

她手裡抱著的是一隻毛色雪白的小貓。凪沙似乎在陽臺晾衣服到一半，就遇見了誤闖進來的小貓。小貓掙扎著想溜，卻被凪沙牢牢抱著而逃不了。

「妳說窗外……等等，這裡是公寓的七樓耶。」

牠怎麼爬上來的？如此心想的古城納悶地歪了頭。話雖如此，這下古城搞懂剛才惱人的視線究竟為何了。偷看古城房間的就是這隻純白小貓。

「嗯～～牠大概是從哪裡爬上來，然後就下不去了吧……啊，說不定是公寓哪一戶養的貓。」

「啊～～……好像有可能。畢竟牠的毛這麼整齊，還戴著項圈。」

妹妹的推理煞有介事，古城便心服地點了頭。這棟公寓禁止養寵物，不過即使有住戶背地裡養貓也不算奇怪。

「也就是說，找到飼主之前，我們可以把牠放在家裡吧。既然只是抓到了一隻走失的貓咪，這也沒辦法啊。畢竟這不是養牠，而是在保護牠而已。」

凪沙抱著貓高興地笑了笑。住在公寓不得不忍，但她基本上是喜歡動物的。

另一方面，白貓則帶著好像有些困擾的表情仰望凪沙。或許是心理作用，牠看起來也像在向古城求助。

不好意思，你認命吧——如此表示的古城聳聳肩。古城不忍心讓高興的妹妹失望，再說他也不討厭貓。

「不曉得這隻貓叫什麼名字耶，項圈上也沒寫。」

凪沙一邊觸摸白貓的肉球，一邊喃喃自語。古城微微聳肩說：

「隨妳喜歡的方式叫牠就好，反正我們只是暫時提供保護。」

「是喔。嗯～～這麼說來，感覺牠是不是跟雪菜滿像的？」

「像姬柊？」

會嗎——古城探頭看了小貓的臉。小貓受驚似的渾身打顫。

「你看，牠小小隻的很討喜，臉也好漂亮，眼神還這麼有力，而且感覺守規矩、聰明，既認真又可愛。」

被凪沙稱讚的小貓莫名害羞地埋著臉發出「咪嗚」一聲。

古城則看著小貓說：

「聽妳一提，或許牠是滿像姬柊的。感覺有種不諳世事的氣息，又容易鑽牛角尖，還冒失失的，需要人照料——」

喵喵～～！——小貓發出了抗議的聲音，反應彷彿在說牠完全沒辦法接受古城這種出乎意料的評語。

然而，凪沙也對古城的意見連連點頭說：

「那麼，我們就叫這隻貓雪菜嘍。」

「哎，也好。當下就這樣吧。」

古城乾脆地表示贊成。小貓「嗚咪」地發出窩囊叫聲。

「可是，既然要照顧小貓，道具不齊全就糟了耶。像是貓籠、餐具、上廁所要用的貓砂、貓抓板之類。」

「嗯～～……啊，對了，跟夏音拜託的話，或許借得到。」

「叶瀨嗎？對喔，她常常照顧棄貓或者幫牠們找人認養嘛。」

「嗯。我現在就打電話拜託看看，幫我顧一下雪菜。」

話說完，凪沙把小貓遞給古城以後，就慌慌張張地離開房間。

小貓被放到古城腿上，好像就緊張地停住不動了。

古城把手湊到小貓背後，順著牠的毛溫柔地撫摸起來。

尤其著重於刺激尾巴根部。保養良好的雪白毛皮毛茸茸的，摸起來比想像中更順手。起初小貓還全身僵硬，不久似乎就縱情於快感而放鬆了。古城趁機逗弄小貓的下巴。

「很好很好，乖孩子，雪菜。舒服嗎，雪菜？不要緊，我會溫柔地對待妳。」

每次被古城叫到名字，小貓都會顫抖。

小貓拚命扭身想逃，手腳卻好像使不上力，抵抗得很軟弱。古城把動不了的雪菜翻成仰臥姿勢，還動手撫摸牠的全身。

「呵呵呵，是這裡嗎，雪菜？摸這裡讓妳覺得舒服？」

肚子、腋下及肉球等敏感部位被人猛揉，讓小貓情不自禁地叫出聲音。後來古城又摸遍雪菜全身，直到雪菜變得酥軟無力才滿意似的停下手。接著他用雙手溫柔地捧起貓咪小小的身體。

小貓淚濕的眼睛不安地朝古城看了過來。

古城則是溫柔地瞇起眼，回望這樣的小貓。然後他緩緩地把臉湊近。

「妳好可愛，雪菜。」

小貓驚訝似的瞪圓了眼睛，古城就悄悄把鼻尖抵過去。柔軟的觸感傳達至彼此相觸的肌膚。

「啊～～古城哥，你好詐！你在對雪菜做什麼！」

凪沙講完電話回來，看見古城在跟小貓嬉戲就發出了不平之聲。

「用鼻子碰牠的鼻子。」古城不以為意地答話。「聽說在貓的世界裡，鼻頭碰鼻頭是問候方式喔。」

「明明是我帶雪菜回來的，你怎麼可以自己先跟牠混熟！」

真是的——凪沙鬧脾氣似的噘起嘴脣。有什麼關係嘛——古城正準備開口，就好像忽然察覺了什麼而挑起眉毛。

「對了，雖然我們都叫牠雪菜，卻還沒有確認過這傢伙的性別嘛。」

「啊……」對喔——凪沙一臉認真地嘀咕。「也許雪菜其實是公的，那樣就不方便叫這個名字了。」

小貓看似驚嚇地僵住了，還「喵喵」地拚命搖頭。

「何必那麼執著於雪菜這個名字……」

古城說著就輕巧地抱起了排斥的小貓。抵抗著想蜷起身的小貓被他硬是拉開身子，還被他探頭看了看後腿根部。

「喔，不要緊。這傢伙是母的——」

『唔喵喵～～～～～～～～——！』

古城話還沒說完，雪菜就尖叫出來。牠露出長長的爪子，毫不留情地深深劃在古城接近過來的臉上。古城發出「唔喔喔！」的慘叫聲，身體往後仰。

「啊，雪菜——等等我！」

小貓強行掙脫了古城放鬆力道的手，並且動如脫兔地跑掉了。

牠穿過凪沙雙腳間的空隙，直接衝破紗窗逃到陽臺。鑽過陽臺分隔板以後，轉眼間就看不見貓影了。

「痛痛痛痛……雪菜是怎麼搞的，忽然就……」

古城擦了擦沾滿血的臉，發出虛弱的嘀咕。他不懂之前還跟自己那麼親密的小貓為什麼

會突然發脾氣。

「都只有古城哥跟牠碰鼻子，好詐喔～我也想碰牠的鼻子耶～～」

凪沙用幽怨的眼神朝古城瞪過來。

古城交互看著破掉的紗窗與妹妹生氣的臉，便無助地嘆息說：饒了我吧。

準備好上學的古城離開家裡已經是隔了約一小時以後的事。

玄關的門一開，姬柊雪菜就站在面前。

自稱有職責要監視古城的她總會等在玄關門前。她穿著的彩海學園國中部制服，還有裝了長槍揹在身後的吉他盒也都跟平時一樣。

然而，雪菜散發的氣息不同於平時的她。

她的臉頰又紅又燙，眼神也很恐怖。

與其說是生氣，那更像摻雜了羞恥、認命與死心的複雜表情。她看古城貼滿ＯＫ繃也什麼都沒說，只是冷冷地瞇起眼睛。

「……姬柊？妳的臉好像紅紅的耶，沒事吧？」

古城對雪菜表示關心而問道。然而，雪菜卻沒好氣地用白眼瞪了古城說：

「學長以為是誰害的呢？」

「咦？」

「沒事，不用說了。畢竟我從一開始就曉得學長是個下流的吸血鬼。」

「等一下，妳在講什麼啦！」

我到底做了什麼——古城感到混亂並問道。

古城伸過來的手碰到雪菜的肩膀，霎時間，雪菜嚇得繃緊了身體。然而那並不像由衷感到排斥，而是害羞得無法坦率的氣息。

雪菜警戒地按著制服裙襬，往上瞟向古城。接著，她以幾乎聽不見的微弱音量說道：

「……學長，請你要負起責任喔。」

「啥？欸，姬柊，妳說什麼責任？」

「呵呵，沒什麼，我開玩笑的。」

雪菜吐舌做了鬼臉，然後開朗地露出微笑。她就像性情不定的貓一樣表情變來變去，使得古城只感到困惑。

古城與雪菜仍保持著有些生硬的距離感，一如往常地並肩邁出腳步。

有兩隻貓坐在公寓的逃生梯，望著古城他們那樣的背影，表情彷彿在說：真傷腦筋。

第五話
第四真祖
最長的早晨

早上。姬柊雪菜待在沒有家具的空蕩客廳裡，與一隻黑貓面對面坐著。

「您是說……時間停止裝置？」

雪菜拿著樣似懷錶的銀色機械，微微地蹙起眉。

那是雪菜的師父緣堂緣從位於京都的獅子王機關總部帶來的，據說是剛研發完成的試造兵器。

「算是透過魔法模擬的時間停止現象，只能將目標隔離到時間流向不一樣的空間。倘若時間真的停止，使用者也會被遺留在地球自轉之外而甩到天邊去。」

緣以使役魔黑貓的模樣說道。雪菜則含糊地點頭附和：

「原來如此……不過，為什麼要把這交給我？」

「當然是用來因應第四真祖啊。妳那把七式突擊降魔機槍（Schneewalzer）是連吸血鬼真祖都能誅滅的獅子王機關祕藏兵器，雖說如此，跟第四真祖硬碰硬還是太危險吧？」

「是的。」

「不過，靠這個裝置，理應就能安全且確實地封印第四真祖小弟。因為模擬的時間停止術式是靠第四真祖本身的無窮魔力在運作，也不用擔心封印會解開。」

「……意思是，學長的時間會永遠保持停止嗎？」

雪菜用僵硬的語氣問道。

並非將其誅滅，而是保持在時間停止的狀態下予以封印。那樣做的話，確實很可能不經戰鬥就讓世界最強吸血鬼無力化，儘管手段十分殘酷。

「棘手的部分在於要使用這個裝置，就非得讓身為封印目標的第四真祖自己按下啟動開關才行。」

「那……實在是不容易呢。」

雪菜認真地沉思。

要封印第四真祖，就表示雪菜身為曉古城的監視者已經判斷沒有辦法駕馭他了。在那種情況下，古城想必不會聽從命令。

「簡單說就是還不到實用階段。哎，不必實際動用，妳先當成護身符帶著。」

黑貓乾脆地如此說道。

我明白了——雪菜點點頭。

「——明明師尊大人都這麼交代過了……」

雪菜困惑地捂著眼睛，傻眼似的深深嘆了氣。

離彩海學園最近的單軌列車車站月臺，站內被通學的學生擠得水洩不通。

在雪菜身旁的古城手裡握著酷似懷錶的銀色機械。

雪菜含淚瞪著古城問：

「學長，為什麼你要按下開關嘛！」

「呃，看了都會按吧！畢竟這看起來只像普通的計時馬表啊……！無聊時看到有馬表在眼前，就會把開關按下去吧！大家絕對都會這麼做吧！」

古城拚命辯解個不停。

他接住從雪菜上學揹的包包掉出來的銀色裝置，忍不住就順勢按了開關，實在沒想到那竟會招來可怕的狀況。

「呃……學長說得是。的確，把這種危險的裝置放在這麼容易被看到的地方，我也有責任。」

雪菜看著包包的隔層，沮喪地垂下頭。

她那夾雜了認命調調的聲音聽起來格外響亮。這是因為理應擁擠的車站月臺被異樣的寧靜所包圍。

映於視野內的人們全都像結凍一樣僵住不動。

隨風飄曳的頭髮，還有飛在天空的鳥群，都維持那樣的狀態停住了。

已經放乘客下車的單軌列車車輛也一樣，停止在剛開動前進的狀態。古城他們周圍的時間整個停住了。

「不過，這好猛耶。居然真的有時間停止裝置這種玩意兒……」

古城握緊銀色裝置，佩服似的吐氣。

「對啊……但是按照師尊大人的說明，應該只有啟動裝置的學長會陷入時間停止……」

「咦……？是嗎？」

「是的。畢竟這原本就是用來封印第四真祖的裝置。」

「……我好像聽到了沒辦法當作沒聽到的話耶……」

雪菜的聳動發言讓古城不由得板起了臉。古城似乎事到如今才回想起來，她是自己的監視者。

「看來有某種因素讓裝置故障了。停止的並非學長的時間，好像是學長以外的全世界都停止了。我猜是時間停止裝置啟動時，只有我跟學長碰巧接觸過裝置，才能倖免……」

「這故障影響的規模還真大。效果完全相反了嘛。」

「據說這是缺了第四真祖等級的龐大魔力就無法運作的試造機，我猜恐怕連測試都不算充分。」

「居然靠我的魔力在運作嗎……！哎，可以是可以啦……！」

古城聽完雪菜的說明，便厭煩地搖搖頭。

「然後呢，要怎麼做才能解除這種時間停止的狀態？」

「正常應該是按下解除的開關就能解除了喔。」

「解除開關是這顆吧？我從剛才就在按了耶。」

「……咦？」

雪菜看著連按開關的古城，表情隨之僵住。

「搞到最後總不會是這個時間停止裝置本身的時間被停止，就永遠解除不了吧……應該不會吧？」

面對古城打趣的提問，雪菜臉色蒼白，沉默下來。

接著，她突然想到似的走向位於月臺角落的飲料販賣機，儘管操作了一陣子，自動販賣機都沒有反應。

「看來即使在物理上按得動按鍵，也無法干預內部的電子回路……」

「表示只有我們能直接操控的機械會動嗎……那麼，假如把這個時間停止裝置搞壞會怎麼樣？」

「我不清楚。順利的話就能解除時間停止狀態，但如果不順利就會永遠保持這樣，最糟的情況下還可能跌進時間裂縫，被捲到不知道位於何處的時空……」

「……看來我別亂試比較好。」

古城急忙把銀色懷錶收進制服的口袋。

「不過說到時間停止……偶爾我是會想如果時間能停住該有多好啦，但實際像這樣體驗就覺得真不可思議。」

古城重新環顧了一片安靜的車站月臺。

乘客大半是彩海學園的學生。即使只是簡單數一數，應該也有五六十個人，古城認得的臉孔也不少。

可是他們都像雕像一樣停住了。

有的正大打呵欠，有的看似憂鬱地嘆著氣，有的正跟朋友談笑——就保持在那樣的表情定住了。當中還有正衝下階梯，身體懸在半空的男同學；也有裙襬因為強風而差點掀起的女同學——

「欸，那不是淺蔥嗎？原來她也搭同一班車。」

「……學長，你在看什麼地方？」

雪菜眼尖地注意到古城目光停在藍羽淺蔥的裙子上，就投以白眼問道。

古城連忙轉開視線說：

「我沒有要看，是她露出來了啦！這算不可抗力吧！」

「反正請學長把頭轉向旁邊！」

雪菜急著趕到淺蔥身邊，幫她整理凌亂的裙面。

淺蔥的制服原本像精巧模型一樣停在裙子掀起來的狀態，而雪菜一伸手接觸到就輕易改變形狀了。

古城對此感到有些意外地說：

「哦～～……因為時間停止了，我想說她會硬得像結凍一樣，原來照樣是軟的。」

「什……！學、學長，你在摸什麼地方！」

「咦？摸淺蔥的手臂啊，這樣有什麼不妥嗎？」

「與其說不妥……學長怎麼……絲毫也不遲疑啊……！」

古城捏了捏淺蔥從制服袖子露出來的上臂，雪菜便目瞪口呆地望向他。

而古城並沒有發現雪菜那樣的視線，還說：

「有彈性，也可以感受到體溫。難道只有我觸摸到的部分時間暫時恢復流動嗎……？」

「學長，你摸過頭了！就算藍羽學姊無法動也不能這樣！」

「說我摸過頭……這是她的手臂耶。會好奇在時間停止的狀態下會變得怎樣吧？」

「就算那樣也不行！假如學長無論如何都會好奇，就由我來摸藍羽學姊，再轉達感想給學長知道就好……！」

「呃，已經不用了，妳的感想無所謂啦……倒不如說，淺蔥在車站裡邊走邊用手機才危險吧。我趁現在幫她收進包包好了。」

古城伸出手，打算從淺蔥處於靜止狀態的手裡拿走手機。霎時間——

「咦……？」

「唔！不可以，學長——！」

雪菜注意到手機螢幕顯示的畫面，就急著從古城旁邊把手機搶過去。

「你不可以擅自偷看女生的手機！這樣是侵犯隱私權！」

「呃，可是，淺蔥的手機設的待機桌布有我的照片……」

「是、學、長、想、太、多——！總之，我先幫藍羽學姊把手機收進她的包包！」

「好、好啊……」

古城被雪菜的謎樣魄力壓倒，因而小小地點了頭。

沒事可做以後，古城抬頭想看車站內的鐘確認時間，才想起那個時鐘也停住了。

從時間停止裝置啟動算起，體感時間已經過了近一個小時。然而，沒有手段能做出客觀證明。這種靜止狀態會持續多久？內心隱約產生這樣的不安。

「不過，我說那個啊，即使能停止時間，也只是意外地空閒……畢竟手機還有電玩都沒有作用。」

古城彷彿要排遣不安，盡可能開朗地說。

「要在圖書館看書嗎？還是用功準備考試？畢竟就快要期末考了。」

雪菜用一如往常的正經語氣回答。

「饒了我吧……是說，對喔……趁現在去辦公室，期末考的考卷不就隨我看了……？」

「學長……！」

「玩笑話啦，玩笑話。說起來，要是不設法解決這個時間停止的狀態，連期末考都考不了。」

「說得對……的確。」

雪菜的聲音隨之消沉。她果然也覺得不安。

「唉，反正要時間多得是，不用急。先來喝個飲料……啊，對喔，記得自動販賣機不能用。」

「要到附近的便利商店或超市買嗎？雖然結帳會變成把錢留在櫃臺的形式就是了。」

「哎，也只能那樣啦。畢竟轉開水龍頭也不會出水。」

古城說著就忽然沉默了。他覺得自己似乎有某個嚴重的盲點。

古城他們穿梭於靜止的旅客之間，移動到車站建築物內。進到擁擠的建築物，更強烈感受到世界有多寂靜。

「好安靜耶……」

「因為目前在這個世界，只有我跟學長在活動啊。」

古城不禁冒出嘀咕，雪菜便苦笑著告訴他。

「謝啦，姬柊。」

「咦？」

「假如我自己一個人被關在時間停止的世界，大概會因為太安靜而心情低落吧。幸好有妳在。」

「不，追根究柢都是我把奇怪的裝置帶在身上害的。」

雪菜聽見古城坦率的感想，就害羞地垂下目光。

「況且……我身為第四真祖的監視者，總不能放學長一個人行動……那個……萬一沒辦法脫離這個世界，我也會一直陪學長到最後的……」

「……啊！」

古城打斷雪菜喃喃不停的告白，突然抬起臉。

「對了，我從剛才就有點好奇……」

「什麼事？」

「上廁所要怎麼辦才好？」

「……什麼？」

「妳想嘛，沒有水從水龍頭出來，代表廁所裡的水也不能沖吧？我在想，排泄物的處理該怎麼辦才好。」

「…………學長，我要取消剛才說過的話。」

「咦？」

雪菜的反應格外嚴肅，讓古城有些疑惑。

「我們逃脫吧，現在馬上！從這個時間停止的世界！」

「呃，妳說的逃脫是要怎麼做？」

「將時間停止裝置破壞掉！」

「等……等一下！妳不是說過，隨便搞壞這東西的話，最糟的狀況會被甩到不知道位在哪裡的時空嗎……！」

古城緊握銀色裝置，並且陣陣後退。

雪菜卻以蘊含殺氣的目光看著裝置說：

「多少冒風險是不得已的。假如時間一直停止，也不知道會對世界造成什麼影響。這屬於緊急事態。」

「……姬柊，妳該不會只是想上廁所吧……？」

「不是的！我身為獅子王機關的劍巫，必須負起時間停止裝置失靈的責任……！」

「就叫妳冷靜點啦！況且，妳說破壞這東西是要用什麼辦法？處在時間停止狀態的物體能弄壞嗎？」

「用這種方式！」

雪菜從背後的硬盒拔出了銀色長槍。她靠手動將伸縮式的槍柄拉開，將槍尖對準古城。

「硬來嗎！都叫妳等等了，萬一那樣讓裝置失控——」

「——不必多說！『雪霞狼』！」

雪菜將長槍朝著手握裝置的古城捅去。

被神格震動波的耀眼光芒照到，古城忍不住發出慘叫。

隔天早上，緣再次來到雪菜的房間，在聽過來龍去脈後略顯訝異地說了這麼一句。

「……沒想到居然發生過那樣的狀況。」

結果，古城拿著的時間停止裝置在雪菜持槍後，隨即解除時間停止的狀態而功能停擺了。透過「雪霞狼」的魔力無效化能力，來自古城的魔力斷絕供給，時間停止術式就無法維持運作了。

假如從一開始就動用長槍，還能更早脫離時間停止狀態，雪菜卻沒有發覺這一點，成了讓她飲恨的失誤。

「我懂了。我會轉達給獅子王機關的研發部那邊，說時間停止裝置派不上用場，要他們將東西廢棄。讓妳吃苦了。話說……」

「什麼事？」

「妳在時間停止的期間發生過什麼好事嗎？」

「咦，不，並沒有什麼好事——」

被黑貓賊賊地笑著問，雪菜連忙搖了頭。

在靜止的時間當中，古城隨口說出的話浮現於心頭。

幸好有妳在——

「哦～～」

黑貓看著臉紅的雪菜，然後愉悅似的吐了氣。

銀色懷錶的指針目前仍停留在記憶中的那一刻。

第六話
失落的咒符

南國陽光從天窗灑落，照出了白茫瀰漫的蒸氣。

透過那陣蒸氣能看見少女的裸體。

體態柔美的嬌小少女。羽波唯里望著她沾滿沐浴皂泡泡的背，陶醉地發出嘆息。

「唉……果然，雪菜(小雪)真的好可愛。」

唯里充滿感慨的嘀咕混在按摩池的冒泡聲裡，迴響得意外大聲。

寬敞的澡池，牆上繪有富士山的背景圖畫。這裡是絃神島上唯一一間從以前營業到現在的澡堂。

席捲絃神島全土的「深淵薔薇」風波過後隔天。唯里她們在獅子王機關的分部做完報告，所有人為了洗去戰鬥的疲憊就順道去了一趟澡堂。

受事件的影響，絃神島目前仍到處斷水，姬柊雪菜住的公寓也還無法用自來水。由於許久沒有洗澡，雪菜仔細清洗身體的背影顯得有幾分愉悅。

「妳說姬柊啊……那個女生確實很漂亮，但妳不覺得就是太漂亮才讓人難以親近嗎？唯里，我認為妳比較受男生歡迎。」

語氣認真地答話的人，則是在唯里旁邊泡著按摩池的斐川志緒。

唯里愣然地眨了眨眼說：

「我、我嗎？不不不，沒那種事。像我這樣要跟雪菜較勁，那才叫不知天高地厚。」

「不至於吧。妳長得可愛，又有穿衣顯瘦的巨乳身材。」

「巨……欸，我可沒有妳說得那麼有料！」

唯里無意識地一邊遮著胸口一邊將身體沉入澡池。

志緒似乎還想說些什麼，卻驀地抬起臉並提防似的環顧四周。

「順帶一提，煌坂她去哪裡了？聊到這種話題，我以為她都會樂得來拌嘴……」

「煌坂同學嗎？這麼說來，從剛才就沒有看見她的蹤影耶。」

唯里莫名心慌地跟志緒看了彼此的臉。

煌坂紗矢華對當過室友的雪菜相當溺愛，這是周所皆知的事實。有機會能跟雪菜一起入浴，紗矢華想必不會放過。

趁機糾纏惹雪菜嫌棄或緊盯雪菜的裸體被嫌噁心——這才是紗矢華原本該有的面貌。

可是，浴室裡卻不見紗矢華的人影。

異常的狀況足以讓唯里她們不安地懷疑：當下是不是發生了什麼非比尋常的問題？

唯里與志緒對彼此點頭，然後同時離開了浴池。

簡單擦過身體，再圍上浴巾溜出浴室。

然而，沒必要找紗矢華。踏進更衣處的瞬間，她的身影就闖進眼簾。精確來說，可以看見的是她的臀部，只有她那形狀俏又圓潤的屁股。紗矢華幾乎是一絲不掛地趴在更衣處的地板上。

「沒……沒有……！」

紗矢華以微弱的聲音驚呼，忙著游移視線。看來她似乎在找什麼重要的東西。

「為什麼？跑去哪裡了……沒有那個的話，我……」

紗矢華急得肩膀發抖，還探頭看向更衣處的長椅底下。

而志緒戰戰兢兢地朝她背後伸出手問：

「煌、煌坂？」

「呀啊！」

突然間，被志緒叫到的紗矢華蹦也似的抬起了臉。

她露出孩童畏懼般的表情。

「妳那副模樣，到底是在做什麼？」

「應該說，穿件衣服吧，至少圍一條浴巾……！畢竟其他客人也在看……！」

唯里從置物櫃拿出了浴巾，塞給紗矢華。紗矢華大概是急壞了，連自己使用的置物櫃的門都一直開著。

「我在……找收藏夾……」

紗矢華慢吞吞地將遞來的浴巾圍上身體，然後喃喃地開了口。

「妳們有沒有看見我的收藏夾？」

「……收藏夾？妳是指咒符收藏夾？」

「欸，用來裝施咒靈符的那個嗎？」

志緒和唯里同時反問。

紗矢華無力地點頭回答：

「嗯……我應該是放在行李當中，卻怎麼找也沒發現……」

「狀況我懂了，但是感覺再怎樣也不會掉在那種地方喔。」

志緒看紗矢華打算把更衣處的體重計翻過來，便露出無奈的表情。唯里她們倆跟紗矢華交情不短，看見她這麼沮喪卻是第一次。

「妳們說的咒符收藏夾，有那麼重要？」

唯里小聲問了志緒。

紗矢華與志緒是驅使多種咒術進行戰鬥的舞威媛。由於要帶著大量作為施術觸媒的咒符出外走動，她們似乎都會使用專門的收藏夾。

唯里身為劍巫是以近距離搏鬥為主，因此不太清楚狀況，但是從紗矢華焦急的程度看來，她覺得那說不定是相當重要的物品。

志緒卻乾脆地搖頭說：

「那倒不至於。到大一些的文具店大多都有供貨，最近百圓商店也會賣。」

「與其叫咒符收藏夾，那不就只是文件夾嗎……？」

「比起收藏夾，裡面裝的咒符更重要。可是攻擊用的危險咒符已經沒剩了吧？妳不是在跟深淵之陷作戰時用完了嗎？」

志緒重新面對紗矢華問道。

紗矢華微微點頭說：

「攻擊用的咒術沒有剩……可是……」

「妳另外放了什麼貴重的東西嗎？」

被志緒逼問，紗矢華困擾似的轉開視線。

像是小孩挨罵的那種反應讓唯里與志緒蹙起眉頭。

「……煌坂同學？」

「喂，煌坂？」

「妳……妳們絕不會跟其他人說？」

「咦？」

「是那麼糟糕的咒符嗎？」

紗矢華的口吻格外嚴肅，讓唯里她們繃緊了臉。

紗矢華下定決心似的微微點頭說：

「呃……應該說……那可以對別人下僅限一次的命令，用了就有權利強迫他人聽從指示，或者說是訂定服從的契約……」

「催眠型咒術……？不對，屬於心靈控制或詛咒那一類嗎！」

「原來獅子王機關的舞威媛也會用那麼危險的咒術……？」

唯里壓低音量問志緒。

志緒依舊表情凝重地點頭說：

「嗯，是啊……畢竟舞威媛是詛咒與暗殺的專家，我也姑且學過基礎理論，能實際製造咒符的施術者倒沒有多少……可是，煌坂的師父就……」

「……妳說能讓目標聽話，是對任何人都有用嗎？」

「這個嘛……呃……只能對雪菜下命令……」

被唯里盯著的紗矢華看似認命地說了出來。

「命令姬柊……？我懂了……原來是這麼一回事……」

「畢竟雪菜（小雪）是第四真祖的監視者嘛。七式突擊降魔機槍（Schneewalzer）也在她手上……」

原來如此——唯里她們理解了。

雪菜領到的長槍「雪霞狼」，據說能斬除萬般結界進而讓魔力無效化，是獅子王機關祕藏的兵器。帶著它的雪菜要是背叛獅子王機關，將沒有人能阻止第四真祖。

為了防止像那樣不測的事態，紗矢華才拿到了用來操控雪菜的危險咒符吧。當然，對此雪菜理應並不知情。

「……欸，煌坂，妳搞丟了那麼重要的東西嗎！假如有懷著惡意的人撿去用，姬柊會變成怎樣……？」

志緒察覺到事態有多嚴重，就變了臉色逼近紗矢華。

紗矢華含淚咬住嘴脣，唯里則看不下去似的制止志緒。

「等等……志緒，別說了！別說了！煌坂同學是真的很沮喪……！」

「呃，可、可是……」

當志緒仍想逼問紗矢華時，背後傳來浴室門被打開的聲音。洗完澡的雪菜回來了。

「請問……我怎麼了嗎？」

剛才的對話似乎外洩被雪菜聽見了，她帶著納悶的表情問志緒。

志緒頻頻搖頭說：

「不、不是的。雖然話題有提到妳，但我們沒有在討論妳，應該說……大家有好久沒像這樣一起洗澡了。」

「是喔……那麼，紗矢華眼裡會含著淚光是因為……？」

「那、那是因為……胸部！我們聊到要摸彼此的胸部……就稍微鬧過頭了……」

唯里擠出牽強的藉口。連她都覺得解釋得牛頭不對馬嘴，雪菜卻好像相當能認同。

「這、這樣啊……那我要去把頭髮吹乾了。」

雪菜用畏懼似的語氣這麼說，然後就逃往洗手臺。唯里則對自己的失言抱頭懊惱說：

「嗚嗚……我好像被警戒了……明明最近才覺得跟雪菜變要好一點了……」

「不，唯里，妳做得好。我們趁現在來找煌坂的咒符收藏夾。」

志緒似乎已經改換了心情，還用正經的語氣說道。

「妳說要找……可、可是到底該找哪裡呢……？」

尋求線索的唯里向紗矢華問道。紗矢華則是沒自信似的垂下目光說：

「我記得在付入浴費時還拿著的……」

「表示妳是在後來踏進更衣處之前弄丟的？所以說……對了，在大廳！」

澡堂的櫃臺與更衣處之間有等候室兼大廳，擺了按摩椅與飲料販賣機等設備的空間。

「欸……唯里！」

唯里反射性地打算跑去，志緒便急忙叫住她。

「我去看看大廳。志緒，妳們去寄物櫃那裡找！」

「不是那樣啦，衣服！衣服！」

志緒拚命呼喊，讓唯里想起自己身上只圍了浴巾，因而微微地尖叫出來。

「沒有掉在這裡啊……我明白了，謝謝妳。」

唯里向櫃臺人員確認過有無遺失物，便失望地開口道謝。至少紗矢華搞丟的咒符收藏夾似乎沒有被送到櫃臺。

「大廳也滿廣的耶……要從哪裡找起……！」

明亮整潔的大廳供男女共用，大約有十個入浴完的客人正在放鬆。

唯里在當中發現曉古城的身影，就不由得停下了腳步。剛洗完澡穿著T恤的古城正在喝運動飲料，隨即注意到唯里而抬起臉。

「咦，唯里同學？妳已經出來了啊？」

「古城同學……！對、對不起喔，讓你一個人在這裡等。」

唯里尷尬地低下頭賠罪。因為古城要陪負責監視自己的雪菜，就變成來澡堂的唯一一個男生了。

古城卻不顯得介意地甩了甩手說：

「啊，不會，沒什麼關係。畢竟我在這次事件也受了妳們關照。我妹妹凪沙洗澡也很久，所以我習慣了。」

「對喔，你妹妹叫作凪沙。她很可愛耶，印象中跟雪菜是同學對吧。其實我底下也有弟弟……因為我都住宿舍，偶爾才能跟他見到面……欸，那個！」

古城體貼的態度讓人放心，開始想閒話家常的唯里注意到他腿上擺了類似票卡夾的東西，因而睜大了眼睛。

尺寸相當於長皮夾的細細文件夾。

「啊，這個嗎？我剛才在那邊撿到的。」

古城隨手摸向文件夾。唯里則發出咕嚕的吞嚥聲。

「你……看過裡面了嗎？」

「看過啦。這是煌坂的吧？」

「……假如我拜託你交出來，你願意嗎？」

「交給妳？」

古城蹙眉仰望唯里。

「抱歉，這不太方便。我想姬柊大概會不高興。」

「我、我不會做讓雪菜（小雪）不高興的事啦。」

唯里帶著認真的表情訴說。

曉古城身為第四真祖，要是能對監視自己的雪菜任意下命令，將會構成極為危險的狀況。古城似乎有自覺，就故弄玄虛地苦笑著說：

「呃，不過，姬柊會因此感到羞恥吧？」

「你、你會讓她做羞恥的事啊……果然……」

唯里垂著臉，拳頭隨之微微發抖。

古城看起來似乎跟雪菜感情融洽，但他仍是世界最強吸血鬼。

或許他一邊假裝好心，一邊還虎視眈眈地在等候羞辱雪菜的機會。

「古城同學，你打算讓雪菜（小雪）做什麼？」

「咦……？妳說讓她做什麼……意思是指？」

「假如她願意聽從你說的任何話，你會命令她做什麼？」

「命令姬柊？這個嘛……比如說，讓她幫我寫補課的作業講義吧？」

「什、什麼……？」

繳交期限快到了啊——古城認真地煩惱起來，唯里則愣愣地低頭看著他。

「另外就是超市賣的蛋每人限拿一盒，所以我會希望她陪我去買吧。還有，早上丟垃圾也需要幫手……」

「欸，你們是夫妻嗎！」

古城的發言不符期待，讓唯里忍不住插嘴吐槽。

「不是那樣，我在說雪菜耶！那個漂亮的女生會對你唯命是從喔！總有其他事可以要求吧！感覺非常色的那種！比如讓她穿和服再拉開腰帶讓她轉圈圈！」

「何必那麼說呢……讓姬柊做那種事也沒用吧？」

「拉和服腰帶讓女生轉圈圈不是男生的浪漫嗎！」

「等等……唯里同學，太近，太近了。」

面對不自覺把臉湊過來的唯里，古城害羞似的往後仰。於是，少女困惑的聲音就從古城背後傳來了。

「……呃，學長？請問你在跟唯里同學做什麼？你剛才是說我沒用嗎？」

「雪、雪菜？」

唯里看到換完衣服出來的雪菜朝古城靠近，臉色頓時發青。太不湊巧了。

「啊，姬柊，沒有啦，其實是我剛才撿到了這個……」

「不可以！雪菜，妳快逃！這樣下去妳會蒙受羞恥……！」

古城想遞出咒符收藏夾，而唯里立刻斷然把他撞開。跟唯里扭成一團的古城跌倒後，咒符收藏夾便從他手中掉落。

「雪菜！剛才那是什麼聲音！」

「唯里，妳沒事吧！」

紗矢華與志緒聽見有聲響，急忙從更衣處衝了出來。她們倆看古城與唯里疊在一起倒在地上，因而茫然地杵著不動。

「這是……」

趁這個空檔，雪菜從自己腳下撿起了紗矢華掉的咒符收藏夾。

對折式的咒符收藏夾空隙有疑似褪色厚紙張的物體露了出來。

「雪、雪菜……呃，那是……」

「紗矢華，這……是我以前送給妳的券吧。原來，妳還帶在身上啊？」

雪菜望著從收藏夾拿出來的紙，略顯害羞地臉紅了。

她那意料外的反應讓唯里愣了一愣。

「雪菜（小雪）送煌坂同學的……券？」

「是的。我當成生日禮物送的……畢竟那時候我拿不出別的東西。」

「……『有求必應券』……」

在紗矢華的咒符收藏夾裡，收著一張用色彩鮮艷的油性筆在厚紙張上寫了字的手工票券。大約小學生年紀的孩童為了重視的人，全心全意準備的禮物。

年幼的雪菜送了那張票券給從小情同姊妹一起長大的紗矢華，而紗矢華應該一直珍藏著吧，還藏在隨身攜帶的咒符收藏夾底部。

「呃，紗矢華，妳一直帶著這種東西會讓我很不好意思，希望妳早點用掉就是了……」

「不行。這是我的寶物兼護身符！」

雪菜再次遞出的票券被紗矢華當寶貝似的捧在胸口。古城看雪菜垂下了目光害羞起來，就跟著聳聳肩表示：拿妳們沒辦法。

可以逼雪菜聽話一次的權利——

紗矢華確實沒說錯。唯里她們在匆促間誤會了，還以為那是危險的咒符。

「真會擾人安寧。」

志緒把手湊在眉心，語帶嘆息且厭煩地搖了頭。唯里則是靠不住地微笑說：

「啊哈哈……不管怎樣，幸好沒有釀成大禍。」

「對啊。唉，雖然這種心情是可以理解啦。唯里送的東西，我也都有珍惜地留著。」

「咦？不會吧……！志緒！」

唯里想起以往自己親手做給志緒的禮物，心裡慌得不得了。因為在記憶中復甦的，可是比「有求必應券」更令人難為情的票券。

「……哎，算了……」

唯里看著紗矢華與雪菜要好的模樣，不由得也感到滿足，並且鬆了口氣。

那是在名為「魔族特區」的島嶼克服慘劇後才總算取回的日常生活一景。

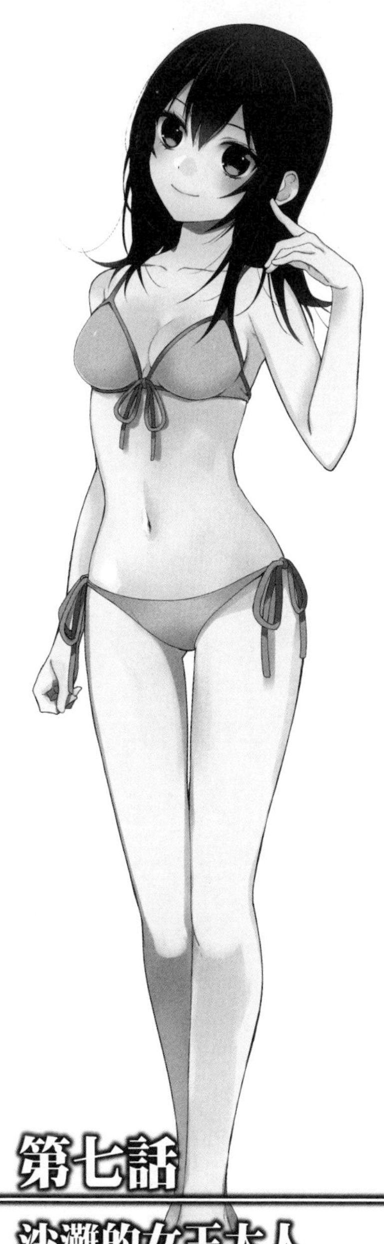

第七話

沙灘的女王大人

「你是說……沙灘女王比賽……嗎？」

放學的通學路上，姬柊雪菜露出困惑的表情停下腳步。這是因為她的監視對象「第四真祖」曉古城突然一臉認真地提到：我有事拜託妳。

「絃神島的人工海岸為了聚集海水浴遊客，每年都會在這個時期辦比賽。由人工島管理公社主辦，活動有滿大的規模，連地方的有線電視臺都會轉播。」

「是喔……」

「所以嘍，姬柊，拜託參加比賽。」

話說完，古城向雪菜深深低下頭。

「什、什麼？學長是說我嗎？」

雪菜訝異地睜大了眼睛。

「……可是我不想耶。」

「咦？為什麼？」

古城急得像是想問「怎麼會這樣？」而抬起臉。

沒有為什麼啊——雪菜傻眼似的嘆息。

「我反而想問：為什麼我非得參加那種活動呢？感覺上學長說的比賽是那個吧，讓穿泳裝的女生排成一排，比誰是第一名的……」

「是那樣沒錯……哎，其實前陣子凪沙買了叫Witch的遊戲主機。」

「啊，我聽說過。她提到有款即將發售的新遊戲很讓人期待……」

難道說——雪菜有了不好的預感，將嘴脣抿成一線。

「然後，我就不小心弄壞她那臺Witch的主機本體了……我躲起來玩遊戲玩到一半太激動，一時失手就……」

「學長都在做什麼啊！」

雪菜絕望得仰頭向天。古城的妹妹曉凪沙對雪菜來說，也是寶貴的朋友。可以的話，雪菜並不想看她難過的模樣。

「學長，該不會這場比賽提供的獎品是……」

「對，優勝就能拿到全新的Witch。所以拜託妳，姬柊！為了凪沙參加比賽吧。這次欠妳的人情，我以後一定會還！」

古城帶著認真無比的眼神把臉湊過來。雪菜有些被他的氣勢嚇住，同時又說：

「情、情況我明白了，但是，為什麼要拜託我這種事呢……？」

「咦？畢竟妳出場的話，肯定就能拿優勝吧？」

古城一臉不解地說，口氣彷彿毫無迷惘地相信雪菜能贏。

「那、那怎麼可能嘛！」

雪菜用生氣般的口吻回嘴。

確實有朋友會稱讚雪菜可愛，好比她的前室友煌坂紗矢華，連古城以往也有稱讚過那麼一次。

然而，雪菜本身從來不認為自己有美到可以在比賽中獲得優勝，因為她身邊還有更多面容姣好的少女。

「我的身高又沒有多高……還有，胸部也不太……」

「身高高確實會比較占優勢，但我認為那對妳完全不成問題喔。畢竟妳腰身緊緻，感覺腿部肌肉也長得很理想。」

「學長，你的眼神好下流……！」

被古城盯著打量，雪菜不禁臉紅了。

「再說我想有人比我更適合參加比賽。藍羽學姊就是個例子。」

「淺蔥嗎……或許淺蔥也能拿到不錯的名次啦，但是要跟妳比實在有困難。」

「不，哪有啊……我跟藍羽學姊比的話，根本樸素得不得了……」

雪菜看似害羞地降低音量。

跟古城同班的藍羽淺蔥是任誰都認同的亮麗美少女。即使明白是客套話，雪菜聽到自己比她漂亮的說法還是不可能不開心。

「沒問題啦。姬柊妳去絕對可以拿優勝，相信自己！拜託妳！我像這樣求妳了！」

古城在面前雙手合十膜拜懇求。

即使如此，雪菜仍帶著懦弱的表情搖頭說：

「可、可是……我又沒有能穿去參加比賽的泳裝。」

「既然這樣，我們現在一起去買吧。要的話我還可以幫妳挑。」

古城積極無比地進逼，結果雪菜像是拗不過他而嘆了氣。

「哎喲……真是個讓人沒辦法的吸血鬼……這樣學長真的算欠我一次喔。」

「我知道，我會感恩的啦。感謝妳。」

「不過，學長……你為什麼會這麼信任我呢？」

雪菜朝快步走向車站的古城背後問道。

古城是認真相信雪菜會拿優勝。自己得到他如此特別的看待，讓雪菜有些意外。

然而，面對雪菜的疑問，古城有些害臊似的搔搔頭回話：

「那還用說，畢竟我一直以來都看在眼裡啊，像是妳打倒那些魔族的場面。」

「什、什麼？」

古城的回答令人意想不到，雪菜錯愕地眨了眨眼睛。

「請等一下。那是要選拔沙灘女王的比賽吧。跟魔族有關係嗎？」

「有啊。那比的是沙灘搶旗的女王決定戰。」

「沙灘……搶旗？」

雪菜愣愣地睜圓了眼睛。

她知道那種競賽活動。穿泳裝的選手會在起跑線趴成一列，然後競爭誰能夠先拔起立在沙灘上的旗子。

「比的是運動項目……所以，學長認為我能優勝……並不是因為覺得我可愛……」

雪菜停在原地，肩膀隨之顫抖。

她對自己會錯意感到羞恥得不得了。憑雪菜的反應速度，普通女性確實不可能追得上。

古城莫名有信心也能讓人理解。

「八成沒有女生能對抗獅子王機關劍巫的反應速度吧。我們趕快去買泳裝，挑輕便又耐用的款式才好。」

「……我不去。」

「咦？」

古城訝異地回頭。

雪菜橫眉豎目地瞪向古城。

鬧誤會的確實是雪菜自己，不過說明方式引起誤解的他應該也有責任。

「我絕對不會參加那種比賽！請不要隨便害人懷著期待，笨學長！」

雪菜氣得轉身而去，古城則糊塗地一邊心想為什麼一邊追到她後頭。

後來足足費了一個星期之久，雪菜才願意再次跟古城講話。

第八話
On A Rainy day

「啊啊，可惡……饒了我吧。」

曉古城厭煩地撥掉沾濕頭髮的水滴，並且懶散地吐氣。

人工島天空罩著低垂的濃灰色雨雲。南國特有的突發性豪雨，大粒雨珠猛烈地打落於地面，飛濺的水花毫不留情地將街道淋濕。

突然的大雨來得意外，原本顧客聚集的熱鬧車站前廣場陷入一片呼天搶地。有的人急著跑進單軌列車的車站，有的人則到附近商店或咖啡廳避難。

還有人試著就近躲到建築物屋簷下躲雨。

稱得上世界最強吸血鬼的「第四真祖」曉古城也是其中之一。

「受不了，凪沙她是在搞什麼。我們約好碰面的時間早過了吧。」

古城仰望車站大樓的壁鐘，並且粗魯地咂嘴。

由於被凪沙與雪菜逼著作陪，古城才會在星期日下午這個時間跑來人潮擁擠的商業區（Island West）。

因故跟她們倆暫時分開行動之後，原本預定要在這座站前廣場會合。

然而離約好的時間已經超過近三十分鐘，凪沙她們仍然沒有要回到廣場的跡象。

手機打不通，傳訊軟體也沒有回應。看來對方是明知遲到還不理會。古城心想乾脆擱下

凪沙她們回去好了，卻因為這場驚人的豪雨連移動都無法如願。

結果，古城就望著下不停的雨，杵在廣場角落。

「——哈啾！哈啾！」

大概是上衣淋濕奪走了體溫，古城連打噴嚏。

有些傻氣的那陣聲音混在雨聲裡，顯得格外大聲。

附近傳出了有人聽見而嘻嘻笑出來的動靜。直到此時，古城才發覺有個陌生的少女站在自己身邊。

古城不經意將視線移過去，少女就有些慌張似的別過臉。

而她那樣的臉龐奪去了古城的目光。

因為她是個容貌標緻得簡直脫離現實的少女。

儘管散發的氣質略顯成熟，年紀恐怕還是與古城同輩。

身高比凪沙或雪菜高一點，應該一百六十公分出頭。

及腰的栗色長髮，亮褐色的大眼睛，雖然給人冷漠難以親近的印象，五官卻端正得無話可說。即使說是知名女星或偶像低調外出，也能讓人坦然信服。簡單說就是漂亮到誇張的美少女。

她穿的是綁繩涼鞋與清純的蕾絲洋裝。

或許因為披著白色短外套，有股說不出的大家閨秀氣息。

而她胸前隱約滲出了粉藍色的影子。夏天用的薄衣料被雨打濕，讓內衣顏色透出來了。

古城在察覺這一點的瞬間，突然跟少女對上了視線。

「呃……怎麼了嗎？」

少女用提防似的語氣問道。對於正凝視著自己的古城，她臉上有著露骨的狐疑表情。

古城回神後用力搖頭說：

「啊，沒有，不是的。我只是……」

「難道說，你在搭訕？」

「不是那樣啦！我碰巧在妳旁邊躲雨而已——」

古城拚命想辯解，視野就被純白閃光照亮了。

間隔片刻，轟鳴聲響起，絃神島的大地隨之震顫。

「……唔！」

古城驚愕地板起臉，還發出未能成聲的尖叫。

他無意識地挺身保護眼前的少女，帶著凝重的表情轉向背後。因為他懷疑是犯罪魔導師主導的大規模恐攻，或者魔法實驗失去控制。

然而街上的模樣沒有多大變化。只聽見混著強烈風雨聲，地鳴般的低沉打雷聲傳來。只有古城一個人誇張地擺出了架勢備戰。

「原、原來是雷聲……」

古城發覺只是附近打雷，就放心地嘆了氣。臉色仍緊繃的他乏力地垂下頭。

褐色長髮的少女則在極近距離內仰望著這樣的古城。大概是古城慌張的模樣逗樂了她，她發出微微笑聲。

「打雷，很恐怖呢。」

少女用彷彿完全不怕的態度說道，口氣像在體貼嚇到的古城。

那反而使古城強烈地感到害臊。

「呃，我不是在怕打雷——」

「乖喔乖喔。」

「就說了，妳不用安慰我啦。」

「然後呢，找我有什麼事？搭訕嗎？」

「聽人講話好嗎！」

真是個我行我素的女生。如此心想的古城板起臉嘆了氣。

「我只是在這裡等人而已。」

「等人？」

少女俏皮地歪過頭。

「對方是你的女朋友嗎？」

「是我妹妹，還有我妹妹的朋友啦。她們來買衣服，我只是被迫幫忙提東西。」

「……明明負責提東西，為什麼需要等呢？你們沒有一起行動嗎？」

「呃，直到剛才，我們還是一起行動啦。」

少女回望含糊其辭的古城，臉色變得嚴肅。

「……你說的妹妹和她朋友實際存在嗎？不是你想像中的存在？」

「為什麼我妹妹會變得像我妄想出來的一樣啊，她是真有其人啦！」

古城有些賭氣地回嘴。

「只是我們起了一點爭執，她就叫我別跟著。」

「爭執？」

「是她們單方面在生我的氣。因為姬……我妹妹的朋友問我哪一件衣服合適，我回答都可以，她們兩個就忽然一起生氣了。」

「哦～～」

少女深感懷疑似的瞇起眼睛。

「其實你是不是說了更過分的話？比如說，妳穿什麼都一樣啦，或者叫她們隨便穿隨處在賣的怪T恤之類。」

「唔……」

被說中的古城發出悶哼。少女傻眼似的睜大了眼睛說：

「你真的講了那種話？」

「呃，不是啦。那並不是怪T恤，而是魔族特區以科技研發新素材製成的好貨。又能抗菌，素材又有伸縮性，重量還很輕。」

「是喔。」

「再說姬……我妹的朋友穿什麼衣服大多都合適，我只是覺得她照自己的喜好穿就可以了。」

「先是搭訕，然後就開始秀恩愛了啊？」

少女有些尋開心似的問道。古城板起臉搖頭說：

「我並沒有秀恩愛，她又不是我的女朋友。」

「不過，你覺得她有一些可愛？」

「哎，以客觀事實而言，我認為她是個漂亮的女生。雖然比不過妳。」

「那可真是謝謝你喔。」

少女不知怎地帶著複雜的表情垂下了目光。是我多嘴了嗎？如此心想的古城有點後悔。

然而只誇獎雪菜的話，總覺得很令人難為情。

「對了，妳在這種地方做什麼？」

「我在等人。」

「哦。」

我想也是——古城兀自點頭。除此之外，想必也沒有理由在這種大雨中呆站於此。

「你好奇我在等什麼樣的人嗎？」

少女戲弄人似的微笑，還往上朝古城瞟過來。她的態度有幾分挑釁，使得古城困惑地搖搖頭說：

「沒有，並不會。」

「我在等男的喔。」

「男朋友嗎？」

「那倒不是，不過這副打扮果然會令人緊張呢。」

「咦？」

「因為我今天是第一次穿這套衣服，會擔心對方是不是會覺得奇怪。假如有人肯說合適，我多少就會有點自信了。我覺得啦。」

「啊～～……我想妳不用擔心，因為確實適合妳。」

古城抵抗不了少女滿懷期待的眼神，便生硬地開口稱讚。

大概是他那坦率的反應令人意外，少女訝異地睜大了眼睛。

接著不知怎地，她鬧脾氣般噘嘴表示：

「從一開始就這麼說的話多好。」

「啥？」

古城產生了輕微目眩般的既視感，並且蹙起眉頭。因為少女宛如自言自語的嘀咕聲，聽起來很像古城熟識的某人。

在古城察覺那種既視感的真面目之前，少女就將視線轉向廣場了。她等的人似乎來了。

不過來者並非男性，而是個嬌小的少女，還抱著許多時尚品牌的購物紙袋。而且古城認得那張臉。

「古城哥，讓你久等了。哎呀～～雨好大喔。」

曉凪沙穿過傾盆大雨，朝古城他們所在的大樓屋簷下趕了過來。她揹著雪菜愛用的吉他硬盒。

「凪沙？」古城露出納悶的表情看了妹妹。「妳一個人？姬柊呢？」

「什麼？」凪沙呆愣地眨起眼睛。「在說什麼啊，古城哥，雪菜不是從剛才就跟你在一起嗎？」

「妳說……在一起，咦？」

古城望著褐色長髮的少女，愕然地張開嘴。

少女好似在應付他那樣的視線，一臉從容地微笑。陌生的成熟服裝、具特徵的長髮，然而那張端正臉孔卻有著熟悉的學妹的影子。

「妳、妳該不會……是姬柊吧！」

古城用發抖的右手指了褐色長髮少女。

凪沙探頭看見古城大受動搖的臉，就樂得笑了笑。

「哎呀呀？你總不會沒認出來吧。之前還對雪菜說『穿什麼都一樣』這種失禮的話。」

「呃，可是，她那頭髮……還有眼睛顏色都根本不一樣啊！」

「這頂是假髮，眼睛戴了有色的隱形眼鏡，剩下則是靠化妝。」

褐色長髮少女——姬柊雪菜用客氣的語氣這麼說，然後伸手撥了撥柔順的長髮。古城則茫然望著她那模樣說：

「身高呢？妳總不可能突然長高——」

「這雙涼鞋，鞋跟比外表乍看下還高。」

「還有，妳的胸部應該也沒這麼大……啊，墊出來的嗎！」

「不、不是的！只要努力集中托高，我起碼也可以變成像這樣——！」

雪菜用雙手捂著胸口，狠狠地瞪了古城。

「古城哥，你真的真的沒發現她是雪菜嗎？」

凪沙帶著傻眼的表情望向古城。

「是啊……呃，該怎麼說呢，我在各方面都要向妳道歉。」

古城什麼也無法反駁，便帶著安分的表情像雪菜低頭賠罪。

像這樣被騙倒，他再也說不出「穿什麼都一樣」之類的話。不過以雪菜這次的情況而言，與其單純稱為換衣服，感覺幾乎接近於喬裝。

「你妹妹的朋友，好像已經沒在生氣了喔。」

呵呵——褐色長髮少女愉悅地笑了笑，並對古城耳語。

古城默默地聳肩。雪菜恐怕是為了嚇古城，才跟凪沙兩個人想方設法擠出這些點子吧。

結果她們成功還以顏色了。

不知不覺間，雨勢已經變小，天色也跟著轉亮，雲隙間有光照下來。雷聲也聽不見了，要回家正是時候。

「欸欸欸，古城哥，所以對你來說，哪邊比較合喜好？平時的雪菜，還有今天這種打扮的雪菜。」

凪沙突然對仰望天空的古城問道。雪菜耳朵一顫，直盯向古城。

古城的背冒出陣陣冷汗。他不知道怎麼回答才正確。

世界最強吸血鬼從模樣判若兩人的雪菜面前轉開視線，仰望魔族特區的天空。

感慨萬千的他喃喃自語，以此回答了妹妹的質疑。

「——我會說，女人還真是恐怖。」

第九話
不適合
第四真祖的職業

在瀰漫成熟氣息的古董咖啡廳窗邊，雪菜正一臉緊張地坐著。

隔著桌子，面前的座位有古城在啜飲冰咖啡。放學回家的路上，身為監視對象的他不知怎地突然邀了雪菜到這裡。

當然，嚴格來講在放學途中順便到餐飲店是違反校規的，雪菜卻不敢拒絕。

那是因為古城提到「有點事情想跟妳談」的時候，臉色嚴肅得簡直像在苦惱；絕不是因為這是古城第一次邀雪菜在外面逗留而讓她心慌、沖昏頭或覺得這好像約會——雪菜拚命這麼告訴自己。

店內靜靜流瀉著改編自電影配樂的爵士鋼琴演奏聲。

所幸寬敞的店裡人影稀疏，用不著鋪設隔絕聲音的結界，雪菜他們的對話也沒有被第三者聽見的隱憂。這裡更不在彩海學園學生的通學路徑上，因此被熟人看見的可能性也偏低。

為了讓心情鎮定，雪菜微微嘆息，然後用紅茶潤了潤嘴脣。

她望著保持沉默的古城，下定決心似的開了口。

「呃，曉學長，請問怎麼了嗎？看你表情那麼正經。」

「噢，不好意思。」

古城紅著臉抬起頭，看似緊張地露出微笑。

「姬柊，我不太確定問妳這種事妥不妥當，我其實有事情想跟妳商量。」

「學長是說……跟我嗎？好的，只要學長不嫌棄，我當然願意聽。」

「這樣啊，謝謝妳。」

「不、不會。身為監視者，這是我應該盡的義務。」

大概是受了古城的緊張感染，雪菜生硬地回話並且端正坐姿。

她意識到自己心跳莫名加速。

「所以學長是有煩惱嗎？」

「嗯，是啊。這種事鄭重提出來很讓人害臊，但是對於將來，我最近做了一點思考。」

「將來的事情……嗎？那是指……」

雪菜嚇得肩膀一顫。

隱約存在的不安與恐懼，跟甜蜜蜜的期待變成了渾然一體，有股難以名狀的情緒在心裡擴散開來。

身為有能力洞穿未來的劍巫，考量自己的將來對雪菜來說是件沉重的事。

曉古城是第四真祖，存在本身被視為與一國軍隊或天災同列的世界最強吸血鬼。

雪菜則是日本政府為了監視古城而派來的攻魔師。

只要雪菜判斷古城會造成危險，就非得除掉他才行。

如今這樣的覺悟依舊不變。

就算能避開與他互相殘殺的命運，今後雪菜也無法永遠跟古城在一起。

因為古城是不老不死的吸血鬼。

雪菜從他面前消失蹤影的那一天遲早會來到。

這並不僅限於雪菜。

古城身邊的人必然都會比古城先死。

永世活於孤獨當中，那正是他身為第四真祖的命運。

要改變那種悲劇性的命運只有一個方式。

要拯救古城脫離永遠的孤獨，方式就是由某個人成為他的「血之伴侶」，依靠著彼此活下去。獻出自己的靈魂與血，跟身為主人的吸血鬼活在永遠之夜——

說穿了，就等於跟他「結婚」。

「對不起，學長。我以為還有時間，就什麼都沒有思考過。」

雪菜用力握緊拳頭，帶著認真的表情這麼說道。

她那種像是想不開的態度，反而讓古城露出納悶的臉色。

「姬柊，這不是妳需要道歉的事吧？」

「不，因為這是重要的事，我應該先想清楚的。明明學長身為第四真祖，原本就會有許多問題。」

「就是啊。假如我還是個普通的人類，可就不用煩惱這麼多了。」

古城難得露出自嘲的笑容並嘆氣。

他恐怕也是在久經苦惱之後才向雪菜揭露自己的想法吧。

非得回應古城的那份心意才行——雪菜也慎重地點頭說：

「好的。畢竟我在立場上也是獅子王機關派來的監視者，所以沒辦法立刻給學長答覆，但往後我會認真考量的。畢竟結婚以後，我未必還能像過去那樣繼續執行任務，而且生小孩聽說趁早比較好，還有家事及育兒的分擔也要討論清楚——」

「……呃，姬柊？妳到底在講什麼？」

雪菜語氣激動地強調，使得古城一臉不可思議地回望她。

「學長不是在思考跟我之間的將來嗎？」

古城困惑的表情也讓雪菜心生疑惑地反問。

於是，古城像是有點聽不懂她在說什麼，歪過頭說：

「咦？不是的，我想這跟妳沒什麼關係耶。畢竟是我的畢業出路調查。」

「畢業出路……調查……？」

雪菜眨了眨大眼睛。

古城從書包裡拿出了高中部發的畢業出路調查表。為了在教師指導時供作參考，學生要填寫自己將來想從事的職業或志願報考的學校並提交出去。

看來，古城煩惱的似乎是畢業後的出路該怎麼填。

「——就、就是嘛！我本來就知道！我從一開始跟學長談就是那樣想的！反正事情跟我又沒有關係！」

雪菜格外大聲地表示同意，然後一股腦兒地將紅茶灌進喉嚨。

即使表面上佯裝平靜，拿著茶杯的手指頭仍因為羞恥而顫抖。她對自己的誤會羞得無所適從。

不過這也是古城的言行讓人容易混淆才導致的吧？雪菜在內心拚命找藉口，反而連憤怒的情緒都湧現了。

「啊～～……呃，所以說呢，無論要升學或工作，身為吸血鬼還是會有合適不合適的問題吧。我在想，不知道其他魔族是怎麼應對的。姬柊妳對這方面很熟吧？」

「……說得是呢。畢竟我好歹也是專家。」

雪菜設法從動搖中振作以後，便用情緒低落的語氣說道。

身為獅子王機關的劍巫，她是跟魔族交手的專家。

關於所有可能碰上的魔族生態，雪菜從小就被灌輸了詳盡的知識。

其中當然也包含了跟他們的職業有關的資料。因為那有助於推斷他們戰鬥時的思路，或者在偵查案件方面進行剖析。

「即使統稱魔族也有許多種類，比如以獸人種來講，聽說還是以能活用他們體能的職業占多數。」

「活用體能的職業？意思是像體育選手之類嗎？」

古城感興趣似的問道。嗯，這個嘛——雪菜含糊地點頭說：

「當然應該也有那種人，雖然魔族能出場的職業體育項目在日本並不太多就是了。」

「啊，這麼說來也對。」

古城有些落寞地聳了聳肩。

對過去參加過籃球隊的他來說，成為體育選手的路途已絕，即使在心情整理好的現在仍是件憾事吧。

「另外，呃，我想到了。獸人種的就職項目應該還是以警察、消防員或者救難隊員居多吧。」

雪菜盡量發出開朗的嗓音。在魔族特區絃神島上，那些都是獸人求職會選的主流職業。

「絃神島的特區警備隊也有獸人部隊嘛。」

「是的。因為相較於人類，他們強在瞬間的肌力與痊癒力。當公務員的話有魔族津貼，所以收入應該也相當不錯。」

「原來如此……公務員的工作穩定，高收入也是個魅力。」

古城感興趣似的嘀咕了一句。

明明是世界最強的吸血鬼，卻意外地尋求安穩。

「說得對呢。另外，好像也有不少人運用出色的感官就職於研究領域，比如化妝品廠商的調香師，還有食品公司的檢驗師都頗受器重。」

「所以他們是運用身為魔族的長處在工作嘍。」

嗯——古城感到欽佩般感嘆。

雖然有個人間的差距，獸人種的嗅覺據說比人類靈敏幾萬倍。決定香料調配比率的調香師，還有辨別商品新鮮度的檢驗師對他們而言堪稱天職，可以說是在人類與魔族共存的魔族特區才有的職業。

「呃，可是那些工作不適合我吧。」

「也對。學長說起來算是少根筋……不對，算是有些粗枝大葉。上星期學長也擅自用了凪沙的洗髮精，然後就被罵了對吧？」

「洗髮精用起來都一樣啊。」

「這個嘛……我倒不是無法體會學長的想法。」

雪菜閃爍其詞地沉默了。她不太會花心思保養頭髮，但她還是能體諒凪沙講究護髮產品的心情。說起來，古城連洗髮精品牌的差異都察覺不了，要做調香師工作應該有困難。

古城本人再遲鈍似乎也還是有自覺，就主動改換話題。

「既然如此，獸人以外的魔族都在做些什麼？」

這個嘛——雪菜思索了一會。

「人口之多僅次於獸人的是巨人種（Gigas），他們在建設工地或貨運公司等處好像相當受歡迎。因為巨人種一個人就能做四五人份的差事，薪水也就相對較高。」

「這固然令人羨慕，可是不太能當作參考。」

古城失望地苦笑。吸血鬼與巨人種在體格或肌力方面確實差得太多。

「擅長精密作業的妖精種（Dwarf），則是常常可以在魔導機械的相關企業看見。他們也擅長操控魔法，還有取得專利而成為大富翁的案例——」

「魔法……魔法是嗎……」

嗯~~——古城仰頭看向天花板。

古城身為擁有龐大魔力的吸血鬼真祖，對魔法方面卻是完全外行。

他連自己的眷獸都無法任意控制，想必不適合參與製造精細的魔導機械。

「還有，比較奇特一點的是，長生種的人們隸屬於模特兒或禮賓接待人員經紀公司的比率很高，因為他們大多容貌出眾。」

雪菜回想身為自己師父的長生種女性——緣堂緣的模樣，繼續做了說明。緣是超頂尖的攻魔師，同時也擁有不輸給一流模特兒的美貌。

「當藝人嗎……那好像勉強可以。」

古城用莫名認真的語氣嘀咕。雪菜則露出難以言喻的臉色說：

「呃，不是，我不懂學長為什麼會覺得當藝人就勉強可以，但是在出路調查表上寫那樣的內容交出去的話，會被南宮老師罵吧？」

「唔……」

古城大概是想像了既霸道又毒舌的級任教師會有什麼反應，因而受挫般垂下肩膀。

「況且，適合當藝人的是長生種的那些人，跟身為吸血鬼的學長又沒有任何關係……」

「我知道啦！只是說說看而已嘛！不然吸血鬼呢？適合吸血鬼的職業是什麼？」

「學長是要問……適合吸血鬼的職業嗎？」

被古城惱羞成怒地質疑，雪菜語塞了。

接著她靈光一現似的拍手說：

「呃……做、做夜晚的工作怎麼樣呢？」

「注意用詞！」

古城原本還打算將雪菜說的直接填進出路調查表，然後又急急忙忙地一邊抗議一邊用橡皮擦擦掉。

「妳是指在深夜上班的工作吧，單純指時段！」

「……還有其他意思嗎？吸血鬼基本上都屬於夜行性，我倒覺得很合適……」

雪菜帶著呆愣的表情微微歪過頭。

古城無力地嘆氣說：

「要做深夜執勤的工作也是可以，不過那跟吸血鬼是不是沒什麼關係？把晝伏夜出當常態的人類也很多吧？該怎麼說呢，沒有更需要魔族拿出專有技能的工作嗎？」

「不過，吸血鬼的能力對工作幾乎沒任何用處……不，難以應用在工作，頂多只有熬夜能力比人強……」

「總還有多一點選擇吧！不然住在絃神島之外的吸血鬼是怎麼生活的！」

「因為他們幾乎都是夜之帝國(Dominion)的貴族。」

雪菜難以啟齒般告訴古城。身為夜之帝國君主的三名真祖自不用說，連身為他們後裔的「舊世代」吸血鬼們也幾乎無一例外，都是各擁領地的貴族。

「貴族……貴族是嗎……」

「硬要說的話，應該類似於大地主或政治家。」

「不行。基本的生活水準差太多，沒辦法參考……」

古城嘔氣似的嘀咕，然後趴到桌上。

即使被稱作世界最強吸血鬼，也無法彌補先天的貧富差距。

「呃……學長？就算不能活用吸血鬼的特質找工作，你照樣可以進修考證照，或者學一技之長然後工作吧？」

「到頭來，還是得那樣嗎？」

儘管古城露出遺憾的表情，還是打起精神慢吞吞地抬起了臉。

「總之，這張調查表就當我有意升學先交出去吧。受不了，第四真祖的能力還真是一點用都沒有耶……」

雪菜看古城做出了妥當的結論，便放心地捂了胸口。

其實古城身為第四真祖，只有極少數職業能讓他得心應手。

那就是從軍，或者當違法之徒。

匹敵一國軍隊的他若想靠力量牟利，對全世界造成的影響將難以估計。

然而，古城似乎連作夢都沒有出現過那種念頭，還對著薄薄一張出路調查表頭痛。雪菜望著他那副模樣，便滿意地微微笑了。

「不要緊。為了讓學長成為正正當當生活的吸血鬼，我會負起責任監視到最後！」

「……咦？」

古城回望重新道出決心的雪菜，露出了有些困擾的表情。

「呃，那樣有點……」

「怎麼樣？學長有什麼不滿嗎？」

古城露骨地感到不滿的反應，讓雪菜氣憤地反問。

然而古城卻著實為難似的搔了搔頭說：

「呃，妳說要照顧我的生活，不就是要包養我嗎？」

「包、包養？」

雪菜愕然瞪大眼睛。她表示要監視古城的發言，不知怎地好像被古城誤解成要照顧他的生活了。

「現在這時代，我覺得當家庭主夫也完全可行，不過讓學妹包養實在有點……」

「請等一下，為什麼學長會解釋成那樣！」

「哎，妳的好意我心領了。謝啦。」

古城甩了甩手，把雪菜說的話隨便應付過去。

雪菜則滿臉通紅地否認「不是那樣」，還用力搖頭說：

「我就說不是了嘛！學長你夠了！」

寧靜的咖啡廳內迴盪著雪菜悲痛的聲音。

在第四真祖與其監視者之間，這是一如平時的日常光景。

第十話
凪沙發牢騷

這是在真祖大戰完結，紘神島暫且取回和平日常後所發生的事。

「欸欸欸，古城哥、雪菜，你們能不能坐到那邊？」

圍繞著魔族特區獨立問題而起的政治事端總算得到收拾，古城等人回到久違的自己家裡，曉凪沙笑吟吟地朝兩人搭話。

「……凪沙？」

雪菜感受到不尋常的氣息，便露出警戒的臉色。

另一方面，古城仍躺在沙發上觀看電視的籃球比賽轉播。

「抱歉。現在比賽正精彩，妳等一下——」

凪沙不等古城把話說到最後，就粗魯地拔掉電視的電源插頭。

畫面噗滋一聲變暗，古城目瞪口呆地僵住了。

「——你們能不能坐到那邊？」

凪沙帶著人工般的笑容靜靜說道。

「好……好的。」

古城與雪菜兩人一塊跪坐在地毯上。不知道為什麼，感覺似乎非這麼做才行。

「你們兩個，知道我為什麼在生氣嗎？」

凪沙笑吟吟地低頭看著害怕的古城他們，並且問道。

果然是在生氣嗎——古城感到理解。

今天的凪沙顯然不尋常。儘管表面上保有平靜，內心似乎認真生氣到了前所未有的程度。然而，古城他們不明白其中理由。

究竟為什麼——古城歪頭表示不解，他旁邊的雪菜就戰戰兢兢地舉起右手。

「雪菜，妳來回答。」

凪沙用像老師一樣的口氣點名雪菜。

雪菜緊張地發出吞嚥聲說：

「因為妳之前買的綜合冰淇淋，被我不小心吃掉妳喜歡的魔法薄荷巧克力口味……？」

「不不不……那樣我才不會生氣。畢竟露露家的冰淇淋可是連其他口味都一樣好吃，比如魔法大納言紅豆或魔法抹茶草莓。」

大概是雪菜的答覆太出人意表，凪沙改回平時的語氣予以否認。

不過雪菜的意見成了一大提示，古城拍手表示：我懂了。

「那麼，是因為之前宵夜我一個人把包鮭魚卵的飯糰全部吃掉——」

「不是那樣！你們把思緒從食物上面挪開一點！哎，雖然說只剩鮪魚美乃滋口味，確實是有點令人不爽啦！」

凪沙感到頭大地搖搖頭。古城與雪菜看了彼此的臉——

「假如原因不是食物……會是那件事嗎？學長沒有把脫掉的襪子翻面，就直接丟進洗衣籃之類？」

「呃，上次輪到我洗衣服，所以不是吧。姬柊，會不會是妳上次跟凪沙玩黑白猜，卻孩子氣地連贏她三十把的關係？」

兩個人好似著實想不通地面對面討論起來。

凪沙默默看了那一幕片刻，古城他們的對話卻實在扯得太遠，讓她頭痛地扶額說：

「哎喲，才不是那樣！你們兩個一直有事情瞞著我吧！」

「啊……！」

滿肚子火的凪沙終於把自己生氣的理由說出口，古城與雪菜兩人就同時臉色發青。

與其說忘記了，那更像是他們刻意裝成沒發現的重大問題。

雖然事件結束後的亂象讓問題被含糊帶過，但是在真祖大戰的風波中，古城變成吸血鬼一事在凪沙面前露餡了。

明明如此，古城對凪沙卻沒有任何表示。

想起這樣的事實，使他全身失去血色。

凪沙冷冷地看著動搖的古城他們，露出了做作的微笑。

「呃～那是叫什麼來著？第四真祖？世界最強吸血鬼？你從半年前就變成那樣了，卻一直隱瞞著親妹妹是怎麼回事呢？嗯嗯？」

「那、那個，妳想嘛……我是覺得也沒必要向妹妹炫耀啊。」

啊哈哈哈——古城語帶自嘲地當場發出了乾笑聲。

雪菜認真表示同意般正色點頭說：

「對啊，那確實沒辦法炫耀。」

「感覺會像不良少年在賣弄一樣，很丟臉，把什麼『世界最強』或者『災厄化身』掛在嘴邊——」

沒錯沒錯——凪沙交抱雙臂嘀咕。

被妹妹她們意外認真地貶低，古城露出有些受傷的表情拚命反駁。

「那又不是我自稱的！都是其他人擅自說的吧！」

「哎，那種小事無所謂就是了。」

凪沙深深地嘆了氣，並且再次瞪向古城。

「露餡會覺得丟臉確實可以理解，但就算那樣，你瞞著妹妹當吸血鬼實在讓人感覺不知道該怎麼說耶。」

「瞞著妳確實是我不好。可是，有的事情也會因為是兄妹才更難啟齒吧。」

古城嘔氣般喃喃找藉口。因為我不想害妳擔心——說這種話未免太令人害臊，古城不好說出口。

然而，凪沙卻毫無感情地用白眼看著他說：

「難以啟齒……哦～原來是這樣啊。那表示你做了對人家難以啟齒的行為嘍。」

「咦？」

妹妹的反應出乎預料，讓古城有些焦急地反問。

「行、行為？」

「對了，我還有事非得跟雪菜問清楚不可呢。」

凪沙斷然無視古城的反問，並且重新轉向雪菜。

「什、什麼事……？」

凪沙突然將視線轉過來，害雪菜緊張得繃緊身體。

凪沙帶著一如往常到不自然的開朗笑容說：

「記得那是叫獅子王機關的劍巫吧？妳擔任第四真祖的監視者，都在做些什麼呢？具體來說。」

「具、具體來說……？」

雪菜被凪沙的謎樣魄力嚇住，並感到疑惑。

獅子王機關是日本政府旨在阻止大規模魔導犯罪及恐攻而成立的特務機關。而雪菜身為監視者，被賦予了憑自身判斷誅滅第四真祖——也就是古城的權利。她在煩惱是否該告訴凪沙如此殘酷的事實。

凪沙不可思議地望著沉默的雪菜問：

「妳是為避免古城哥濫用吸血鬼之力而顧著他吧？以免古城哥跑去吸女生的血之類。」

「是……是啊……」

雪菜的太陽穴流下了一道冷汗。

凪沙的論調確實沒錯。

現實卻很少會按照理想發展。

「奇怪，為什麼你們兩個都要轉開視線？不會吧不會吧，古城哥，難不成你會吸雪菜的血？」

古城的視線尷尬地亂飄，凪沙便冷冷地問他。

「怎、怎麼會啊……我哪有可能，去吸姬柊那種血……哈哈。」

古城一面克制內心的動搖，一面「哈哈哈」地笑著打算蒙混過去。

雪菜聽見那句話，就莫名惱火地噘嘴說：

「哪有可能吸我『這種』血……是嗎？這樣啊……」

「咦……」

古城不懂雪菜為何不開心，因而感到困惑。這會讓事情複雜化，要追究最好等下次。

嗯——凪沙興趣濃厚地盯著用眼神對話的古城他們。

「哦～～……欸，古城哥，你曉得嗎？大概是因為變成吸血鬼吧，最近你在說謊時，瀏海都會稍微豎起來喔。」

「咦！真、真的假的……！」

凪沙的指證頗有真實感，古城不禁用雙手按住瀏海。

不知怎地，感覺最近說謊都很快就露餡，或許問題不在自己的演技，而是凪沙說的那一點所致——古城心想。然而……

「嗯，我騙你的。」

凪沙乾脆地搖了頭。然後她用毫無情感的淡定嗓音繼續說：

「——但是我好像發現有人說謊了。」

「學長……」

雪菜絕望地捂住眼睛。古城糊塗到會上這麼老套的當，實在讓人無話可說。她那種反應讓古城也跟著發現自己的失策。

「是嗎是嗎……平時你都瞞著人家在跟雪菜做那種事啊。哦～～……」

凪沙反倒佩服般連續點了好幾次頭。

雪菜倉皇失措地揮著雙手說：

「不、不是的……那應該算緊急事態……沒錯，就跟輸血類似……」

「就、就是啊。為了拯救絃神島的危機，那真的是不得已……何況與其說平時，我跟姬柊的話頂多只做過五六次——」

「『跟雪菜的話』？那麼，你還跟別人做過嗎？」

凪沙愣愣地睜大眼睛問了古城。

「啊……」

古城察覺自己失言而僵掉，雪菜則用責備的眼光看他。

「淺蔥當然有份吧，再來，我想那個人也有吧，雪菜的前輩煌坂同學。阿爾迪基亞的公主大人也很可疑，另外就是優麻，該不會連夏音都……？」

凪沙扳起手指頭，一一說中了曾跟古城發生吸血行為的對象。不像亂猜的精準度讓古城感到錯愕。

「等一下，為什麼妳會曉得……！」

「我隨便講講的，結果真的有啊……欸，等等，古城哥！這是什麼情況！你怎麼會見一

個吸一個，到處吸別人家尚未出嫁的女生的血還有胸部！」

事情發展至此，凪沙好像實在擺不出笑容，就橫眉豎目地生氣了。古城連忙否認她最後隨口添上的罪狀。

「我才沒有吸她們的胸部啦！我沒吸……對吧？」

「呃，學長幹嘛問我呢……」

雪菜被古城尋求確認，就帶著懷疑的表情搖頭。連雪菜都不信任自己，這樣的事實讓古城遭受到輕微衝擊。

果然——凪沙深深地嘆氣說：

「你有做過類似的事吧。搞什麼嘛，不只隱瞞自己變成吸血鬼，還跟妹妹的同學做那種讓人羨慕……讓人覺得下流的事！假如雪菜她們有什麼狀況，你打算怎麼負責啊！」

「負、負責……？」

直指自己而來的質疑之沉重，讓古城哽住喉嚨語塞了。

吸血行為確實會伴隨感染的風險。被吸過血的對象，有可能化為不老不死的假性吸血鬼。萬一變成那樣，對方就必須以「血之伴侶」的身分與古城永遠活下去，既無法變老也無法求死。

「負責……」

雪菜嘀咕著看向古城。她的眼神在無言中陳訴：你會怎麼負責呢？

凪沙彷彿要規勸這樣的雪菜，冷靜地點出了癥結。

「先說清楚，雪菜妳也是同罪喔。畢竟妳是古城哥的監視者。」

「是、是的……」

妳說得對——雪菜垂下肩膀，低下頭。

凪沙「唉」地大聲嘆氣。

「我最生氣的地方，是你們兩個一直瞞著我那麼重要的事情。」

「這、這樣啊。」

妹妹鬧脾氣似的嘀咕，讓古城內疚地點點頭。

只有自己不知道真相的遭排外感，還有未能發現古城至今有多麼痛苦的無力感。那就是凪沙憤怒情緒的真面目吧。

害凪沙有那種感覺無疑是古城的責任。

不過那是古城一個人的罪。

「聽我說，是我拜託姬柊的，我叫她不要告訴妳。所以別責怪姬柊好嗎？」

古城袒護雪菜說道。

實際上，雪菜並沒有理由要對自己與古城的身分保密。即使如此，她會瞞著凪沙，全是

因為她聽從了古城任性的要求。

古城拋開為人兄長的威嚴，深深地低頭賠罪，使得凪沙有些傻眼地看了他。

「我曉得啊。你是為了避免患有魔族恐懼症的我害怕吧。」

「咦？所以……妳都知道……？」

古城帶著呆愣的表情看了凪沙。

小學時遭受魔族襲擊而身負重傷的凪沙，至今仍對他們懷有根深蒂固的恐懼心理。對這樣的她來說，親哥哥變成吸血鬼的事實，除恐懼之外理應再無別的想法。古城正是明白這一點，才始終沒有揭露自己的身分。

而且，凪沙表示她從一開始就察覺古城這樣的心思了。

「所以我才更覺得火大啊。就算有魔族恐懼症，我也不可能害怕或討厭古城哥嘛！為什麼都不跟我商量！我們是兄妹耶！」

凪沙說著就出拳粗魯地捶了古城的胸口。

「啊～～……對喔。妳說得是……」

終究是國中女生的軟拳，就算挨揍也沒什麼大不了。明明如此，被她的拳頭接觸到的部位卻有股深刻的疼痛慢慢擴散開來。

「關於這一點，真的是我不好。抱歉。」

「我也是……一直瞞著妳，對不起。」

古城與雪菜鄭重地低頭賠罪。

自以為對凪沙體貼，就沒有信任她，這反而傷了她的心——對此他們只覺得過意不去。

古城他們俯首賠了不是，凪沙卻面無表情地低頭看著兩人說：

「我不原諒你們。」

她用毫無慈悲的語氣斷言。

「——所以嘍，我要你們兩個補償我。」

「補、補償？」

古城與雪菜戰戰兢兢地抬起臉看凪沙。

凪沙在這種狀況下生氣是當然的，感覺無論被她說什麼都無可奈何，正因如此才無法預料她會提出什麼要求，令人害怕。

凪沙像貓在玩弄抓到的獵物一樣，微微舐了舐嘴唇。

「首先，雪菜下次要請我吃冰當賠罪。露露家的薄荷巧克力冰淇淋三球。」

「冰、冰淇淋……」

雪菜一瞬間彷彿聽不懂對方說的意思而眨眼，然後漸漸露出安心的笑容。凪沙是在兜圈子告訴她，為了和好下次要一起去吃冰。

「嗯，我一定會。」

凪沙看雪菜用力點頭，也略顯滿意地跟著笑了笑。

接著凪沙狠狠看向古城。

古城緊張得繃緊身體，她便用食指斷然指向他。

「古城哥要請我吃壽司，鮭魚卵跟海膽還有鮪腹肉吃到飽。現在就要。」

「壽司嗎！」

古城拉高音調驚呼。

他對凪沙從寬的處置並無不滿。儘管確實沒有不滿，古城仍然在想：冰淇淋與壽司的預算會不會差距太大了？

「當然，費用會從古城哥下個月的零用錢先扣掉。」

「咦咦！」

凪沙毫不留情的補刀讓古城忍不住仰頭向天。

話說回來，薄荷巧克力與鮭魚卵——這樣的食物組合似乎在哪裡聽過。

「……凪沙，妳果然是在生食物的氣吧……」

古城有些不服氣地一邊托腮一邊喃喃嘀咕。

凪沙則帶著若無其事的表情反問古城：

「你說了什麼嗎，古城哥？」

「……沒有。」

我啥都沒說——古城笑著聳了聳肩。

無論是什麼緣故，古城都不可能違抗凪沙說的話。

畢竟，她是唯一能讓世界最強吸血鬼「第四真祖」也抬不起頭來的妹妹，換句話說就是世界最強的妹妹。

「好啦，我們走吧。古城哥、雪菜，趕快趕快。」

吃壽司吃壽司——凪沙天真無邪地一邊嬉鬧一邊開始準備出門。

古城與雪菜看她那樣，就同時冒出了微微的苦笑。

留到最後的最強敵人就此與第四真祖達成和解，侵擾絃神島的真祖大戰風波，這才名符其實地迎來了收場。

第十一話

Wrong Baggage

「這、這到底是……」

姬柊雪菜望著從沙灘包拿出來的泳裝，茫然嘀咕了一句。

鑲著深紅荷葉邊的小件比基尼。

從扎實的布料與縫工來看，可以曉得是相當高檔的貨色。

然而，採用的卻是布料面積小的豪放設計。老實說，豪放過了頭。

「雪菜，怎麼了嗎？」

同室的曉凪沙從床上輕輕蹦起並問道。她已經換好衣服，正在把游泳圈吹飽。

「沒有，沒什麼事。沒事的。」

雪菜立刻把泳裝塞回包包，並且連連搖頭。

「是嗎？」凪沙微微歪頭說：「呃，不過，夏音那個叫拉・芙莉亞的親戚好厲害喔。居然招待我們來這麼豪華的別墅。私人海灘，真令人期待。」

「對、對啊，說得沒錯。」

「不過雪菜，妳穿那套泳裝真的好嗎？又不是在學校上課，穿競賽泳裝實在太樸素了吧？明明妳有難得的好身材，感覺很可惜耶。像淺蔥肯定就花了心力打扮過才來的，說不定她會挑一套能迷倒古城哥的火辣泳裝穿來。」

凪沙隨口提到的「火辣泳裝」這個詞，讓雪菜嚇得肩膀一顫。

「哎，算了。雪菜，我先到外面嘍。要是妳改變主意，隨時告訴我。」

雪菜目送快言快語交代完就離開的凪沙，然後又感到頭大。

阿爾迪基亞王國的拉．芙莉亞公主是在上週邀他們來別墅玩的。

從絃神島搭飛機到目的地約四個小時。以水上別墅聞名，位在太平洋上的療養聖地。

雪菜她們預備要外出旅行，就準備了新的泳裝，是專程到絃神島知名百貨公司買的。

雪菜從五花八門的商品當中，選了樸素的競賽泳裝。

可是，現在雪菜包包裡裝著的卻是火辣的深紅比基尼。

原因恐怕出在這只沙灘包。買泳裝時附贈的百貨公司原創款包包，在絃神島街上與機場都常看見跟這個相同的貨色。雪菜恐怕是在哪裡誤拿了某個陌生人的包包吧。是雪菜疏於確認的過失。

事到如今，沒人曉得雪菜的泳裝跑去哪裡了。

不過，幸好這裡是海灘度假區，只要去商店就能輕易取得新的泳裝。

當雪菜如此心想而打算立刻離開房間時，腦海裡突然浮現了凪沙說過的話。

說不定她會挑一套能迷倒古城哥的火辣泳裝穿來——

「……要、要不要至少試穿看看呢？一次都沒穿就丟掉，也很可惜。」

雪菜對自己辯解似的自言自語，然後拿起了深紅色比基尼。

確認過沒有任何人在看以後，雪菜試著偷偷穿上去。質料具伸縮性，跟雪菜的身體意外服貼。

試穿完的雪菜緊張地站到鏡子前。

「這、這比預想中還要……」

暴露度更勝想像，讓雪菜忍不住臉紅了。

她無法想像要以這種丟臉的打扮在人前露面。然而高級品到底是高級品，泳裝的款式能襯托出穿著者的身材，胸部看起來還比實際上大。

雪菜像是並不排斥地看自己的那副模樣看得入迷——

就在隨後，突然有人敲了別墅的門。

「雪菜，妳換好泳裝了嗎？我要開門嘍？」

「唔！」

雪菜全身僵住。驚訝過度讓她發不出聲。

「哇！雪菜，妳是怎麼了，改穿那套比基尼！」

凪沙走進房間之後，看見雪菜的泳裝便瞪圓了眼睛。

「好大膽喔！但是很可愛！」

「不、不是的！」

雪菜一邊遮著胸口一邊拚命搖頭。

「這件不是我的泳裝，有人拿錯了，我只是試穿而已——」

「但是很適合妳耶。古城哥，你也這樣覺得吧？」

凪沙說著就轉向背後。

站在那裡的，是身為雪菜監視對象的少年——「第四真祖」曉古城。

「學、學長……？」

雪菜結凍似的靜止不動。

古城像是不特別感興趣地朝雪菜那副模樣瞥了一眼。

「哦～～……不錯嘛。我覺得並不奇怪喔。」

「不、不是……不是的，學長。這並不是你們想的那樣……不是的……！」

「妳那樣遮遮掩掩的，看起來反而會覺得色喔。要自然，表現得大方才可以。」

凪沙用不負責任的語氣說道，並從花瓶摘了朵扶桑花替雪菜的頭髮裝飾。事到如今，雪菜在這種氣氛中實在說不出自己想換掉泳裝。

至少在外面加件T恤好了——如此心想的雪菜在行李中翻找。

「那麼，我要鎖門嘍。古城哥，幫忙拿游泳圈，雪菜也一起走吧。海水超美的喔，沙灘也是。來吧，趕快趕快！」

被凪沙從背後硬推，雪菜就被帶到了別墅外頭。幸好私人海灘沒其他遊客的蹤影，放眼望去，整片海岸的淺灘澄澈得驚人。

「學長，泳裝真的不奇怪嗎？」

雪菜偷偷摸摸地躲在死角，不安地仰望著古城問道。

「嗯？對啊，感覺既可愛又適合妳。姬柊，話說妳皮膚真白耶～～」

「請、請不要太注意我……下流……」

雪菜臉紅地小聲嘀咕以後，就躲到古城背後貼著他。

†

「優絲緹娜·片矢伏擊騎士——」

同一時刻，阿爾迪基亞公主拉·芙莉亞·立赫班正用納悶的眼神看著部下銀髮女騎士。

拉·芙莉亞手裡握著即使說是校用指定競賽款式也不奇怪的清一色藍泳裝。

「這件泳裝究竟是怎麼回事？我應該說過，要妳準備足以迷倒古城，既大膽又清純的高

雅泳裝才對吧？」

「似乎是運送中發生差錯，內容物被掉包了。」

優絲緹娜用正經的語氣答話。

「不過，公主殿下，請您大可放心。日本有『反差萌』這樣的字眼存在。」

「反差萌……換句話說，就是讓我這樣的異國王室成員在高級度假區故意穿日常生活中看慣的校用泳裝，藉此帶來驚奇與親切感，好讓古城重新認識我有多大魅力的戰略吧。不過，這是否仍有不足之處？」

「假如您是指校用泳裝的名條，我已經準備在這裡了——」

優絲緹娜恭敬地把寫有「立赫班」平假名拼音的名條遞給公主。

古城看拉．芙莉亞穿著緊巴巴的競賽泳裝而噴出鼻血，讓王室私人海灘染上了一片朱紅則是沒過多久後發生的事。

第十二話
第四真祖到髮廊

「不好意思，學長，讓你陪我到髮廊。」

獅子王機關派來的第四真祖監視者──姬柊雪菜站在時尚的髮廊門口，略顯緊張地這麼說道。

身為她監視對象的少年曉古城則帶著慵懶的表情搖頭說：不會。

「哎，這點事沒什麼關係啦。反正我也覺得頭髮長得快要有點煩了，再說最近的髮廊也有不少男客人。」

「其實，我是覺得剪個瀏海可以自己動手的……」

雪菜說著就摸了摸蓋到睫毛的瀏海。不不不──古城板起臉反駁：

「就算那樣，也拜託妳不要拿那麼大一把野戰刀切頭髮。在學校看見時，害我嚇了一跳耶。」

「那姑且是在昨天才剛磨利的刀。」

「呃，我不是在擔心刀子的鋒利度啦……」

古城聽著雪菜有些偏差的回答，一邊穿過髮廊的門。

「歡迎光臨，兩位是預約過的曉先生與姬柊小姐吧。」

男髮型師與女髮型師親切地微笑，各自將古城與雪菜領到座位。對髮廊不適應的雪菜緊張地坐到鏡子前，用生硬的語氣指定自己要剪多短。

「這套制服，是彩海學園對吧。你們兩位是什麼關係呢？」

洗完頭髮以後，負責接待雪菜的女髮型師向她發問了。

突然的問題讓雪菜心慌，音調隨之微微提高。

「呃……那個，我是學長的監視者……」

「啥？監視者？」

原本打算替雪菜梳頭髮的髮型師瞬間停止動作。

在隔壁座位聽著的古城連忙插嘴：

「呃，不是啦。她是我妹妹的同學，所以被我妹妹拜託要照看我——」

「這、這樣啊……原來如此。」

髮型師們似乎對古城的說詞感到理解，都發出了夾帶安心感的嘆息。為了緩解尷尬氣氛，負責接待古城的髮型師微笑著說：

「哎呀，不過你的女朋友真可愛耶。最近被女朋友帶來髮廊的男生也不少。」

「咦？沒有，姬柊不是我的女朋友啦。」

古城刻不容緩地糾正髮型師的誤解。男髮型師意外似的挑眉說：

「哎呀，是喔？」

「誤會誤會。我跟她完全不是那種關係。」

古城用毫不迷惘的語氣堅決否定。

畢竟雪菜終究是因為獅子王機關派了任務，才來監視身為世界最強吸血鬼的古城。雪菜本身就那麼說了，因此不會錯。

然而，雪菜本人卻莫名幽怨地瞪著主張她不是女友的古城說：

「是嗎……完全不是嗎……！」

雪菜口中不停發出低喃，背後湧上的不悅氣場讓負責接待她的女髮型師繃緊了臉孔。

「不……不過你們會一起來剪頭髮，代表有什麼理由吧？」

「啊，是的。因為我不能從那個人身上移開視線。」

「哦……這、這樣啊。」

女髮型師一邊確認雪菜的瀏海長度一邊含糊地答腔。

另一方面，負責接待古城的男髮型師則在古城耳邊壓低聲音問：

「那個女生，該不會屬於滿愛束縛人的類型吧？」

「對啊。與其說她愛束縛人，不如說是走到哪就跟到哪的類型。」

「啊，跟蹤狂型喔。原來如此。」

「就是那樣沒錯。你能夠理解嗎？」

意外的理解者出現，使得古城略為寬心地開口。

咦咦——女髮型師聽了他們的對話，就擁護雪菜似的歪頭問：

「那不是因為妳的男朋友容易花心嗎？妳說對嗎？」

「就是那樣！」

雪菜使勁點了頭。

「我沒有看著那個人的話，他立刻就會去找別的女生吸——呃，做下流的事情！」

「妳等一下！」

古城立刻反駁。

「那不是我一個人導致的，在許多方面都是不得已吧！只能說不可抗力！」

「就算那樣，我跟紗矢華也就罷了，學長你沒必要連葛蓮妲還有夏音都碰吧！」

「唔哇……」

原來你碰過那麼多人嗎——髮型師們對古城投以輕蔑的視線。古城拚命搖頭表示：這是誤會。

「呃，不是的！那不算外遇，我說真的！」

「說得也對……反正我又不是學長的女朋友。完全不是……」

雪菜帶著鬧脾氣的怫然表情轉開視線。

他們倆氣氛險惡的模樣，讓美容師們困擾地面面相覷。

「好了，兩位都辛苦了。」

時間在一觸擊發的氣氛下經過，剪完頭髮的古城與雪菜走去結帳。

負責收銀的女髮型師一邊計算兩人份的費用，一邊心血來潮似的看向古城。

「這麼說來，你們兩位真的沒有交往嗎？」

「啊，是的。是那樣沒錯……」

古城納悶地蹙起眉頭。那真可惜——女髮型師微微聳肩說：

「我們店裡有這樣的制度就是了。」

話說完，她指了牆壁上的海報。古城疑惑地瞇眼看去。

「情侶折扣……？」

「對。夫妻或情侶一起來剪髮的話，第二位客人的費用折半。」

女髮型師使壞似的揚起嘴角，像在測試古城他們地看了過來。

聽到費用折半，古城有了戲劇性的反應。他突然摟住身旁雪菜的肩膀，毅然斷言。

「不好意思，這是我女朋友。」

「……唔！」

雪菜瞪圓眼睛愣住了。她滿臉通紅，還發出「啊哇哇哇」零碎不成句的心慌的聲音。雪菜用困惑的目光仰望古城緊貼在旁的臉，卻沒有打算將他摟著自己肩膀的手甩開。

「我明白了。那就按照規定幫你們打折嘍。」

髮型師的表情彷彿在憋笑，古城與雪菜便在對方目送下離開店裡。

「學長——」

默默朝車站走去的雪菜翻了白眼仰望古城。

古城搔著剪短的頭髮回話：

「怎樣，是我不好啦，擅自把妳說成女朋友。」

真是的——雪菜傻眼地嘆了氣。接著，她帶著有些不安，同時又好像在期待什麼的心癢表情望著古城說：

「學長沒有其他要對我說的話嗎？」

古城差點回答「沒什麼好說的吧」，但他看了雪菜的表情便回過神來。傷腦筋——古城微微地苦笑，並略顯害臊地別開目光說：

「啊～～……妳剪那個髮型，很適合喔。」

雪菜聽古城刻意粗聲粗氣講話，就露出嬌豔的微笑。

「呵呵。那我這次就原諒學長。」

雪菜被夕陽染紅臉頰，打趣地說道。

她的後腦杓那稍微剪短的頭髮就像羽毛一樣，乘著「魔族特區」的海風輕盈地飛揚。

第十三話
Fake Glasses

放學後的操場角落，籃球隊員正在三對三練習。

遠遠望著的女同學們向各自看上的男生揮手，並天真無邪地對彼此歡笑。

「彩海學園國中部」的藍羽淺蔥樸素的黑色直髮隨風飄揚，茫然望著那幕景象。

「哦～～……看上古城的女生又增加了嗎？不愧是籃球隊王牌，真受歡迎。」

來到淺蔥身邊的矢瀨基樹看向操場，挖苦似的笑了笑。這男的姑且也是籃球隊隊員，卻好像明目張膽地翹掉了練習。

與矢瀨形成對比，在練習中的隊員裡，淺蔥他們的同班同學曉古城顯得格外醒目。

與上課中發呆的態度判若兩人，他在球場上來去無阻，連連靠藝術般的球技得分。女觀眾幾乎都是為了看他而聚集過來。

「像傻瓜一樣。那種除了運動神經外沒其他才能的笨牛戀妹控有哪裡好？」

淺蔥用不悅的語氣嘀咕。矢瀨則尋開心似的望著她的臉龐說：

「妳問問自己的內心不就好了？」

「啥……？」

淺蔥側眼冷冷一瞪，矢瀨就帶著事不關己的表情轉開視線。

彼此是從幼稚園就認識的交情，矢瀨常會擺出一副看透淺蔥心思的態度。對此淺蔥感到相當不滿。

而矢瀨忽然板起了臉孔。淺蔥他們背後可以聽見有幾個來得較晚的陌生高年級同學在對話。

「欸，看那邊。傳聞中的市長千金。」

「啊啊，我知道。真好，長得漂亮又有錢。」

「可是她很樸素啊，眼鏡那麼土。誰管她在模擬考拿了全國第一名還是第幾名～～」

儘管音量壓低了，淺蔥仍聽得出那些話是要說給自己聽的。那是刻意流露惡意的嗓音。

「妳別在意。那只是酸言酸語。」

高年級同學經過以後，矢瀨關心似的告訴淺蔥。

淺蔥默默聳肩。那種程度的風涼話她聽慣了。

自己是顯眼的存在，對此淺蔥十分有自覺。端正的臉孔即使戴了平光眼鏡也會惹人注目，考試成績優秀出眾也是事實。

更重要的是，她還被貼了「市長千金」這塊大標籤。

畢竟現任的絃神市市長正因為瀆職問題而在社會掀起大風波。淺蔥本身是打算盡可能低調度日，旁人卻不肯那樣看待。

「真的，像傻瓜一樣。」

淺蔥語帶嘆息地嘀咕。接著她驀地將視線轉向背後。

因為高年級學生路過以後，換成有別人靠近的動靜。

「藍羽學姊。」

向淺蔥搭話的是將制服穿得不整又可愛的嬌小學妹。亮麗的髮型、細細柳眉、加量的睫毛與亮澤嘴脣。努力打扮過的氣息毫無猶疑地從全身散發出來。老實說，對方屬於淺蔥不擅應付的類型。

「妳是藍羽淺蔥學姊對吧。我有點事情想問妳，可以嗎？」

「……呃，妳是誰？」

淺蔥回望少女，然後問道。

雖然不知道對方姓名，淺蔥對她的臉有印象。那是格外熱情地看著古城練籃球的女生之一。

「學姊，請問妳跟籃球隊的曉學長在交往嗎？」

少女無視淺蔥的質疑，單方面地發問。

淺蔥厭煩地撇了嘴。

「我跟古城？沒有沒有，我們才不是那種關係。」

「不過，之前你們兩個有一起來醫院吧？」

少女仍繼續追問。淺蔥摸索記憶般歪過頭。

「醫院？啊……那只是去探病而已。因為古城的妹妹跟我是朋友。」

「你們兩個真的沒有在交往嗎？那麼，我可以告白嘍？」

少女帶著有些挑釁的表情看向淺蔥。

淺蔥傻眼地吐氣。

「隨妳高興啊。」

「好的，我會那麼做的！」

少女使勁低下頭行禮。然後，她用像在看待路邊小石頭的視線看著矢瀨，點頭致意。接著她就逃也似的離去了。

「滿可愛的女生耶。」

矢瀨目送少女的背影，隨口講出感想。淺蔥冷冷地回望這樣的他說：

「哦～～原來你喜歡那一型？不管之前那個學姊了？」

「沒有沒有，不是那樣啦。她算可愛吧，比如制服還有髮型，為了讓喜歡的對象回眸而用盡心力打扮。」

「不就只是違反校規嗎？」

淺蔥懷著連自己都覺得不可思議的煩躁情緒搭話。

矢瀨無奈地搔搔頭，然後帶著嚴肅的臉色嘀咕了一句。

「也是啦～～……不過，有點令人在意。那個女生的心跳聲……」

「咦……？」

矢瀨無意識的嘀咕讓淺蔥回神抬起了臉。

隨後，她有所領會般把手伸向包包裡的手機。

✝

淺蔥的家是蓋在人工島西區高地的獨棟民宅。

原本這一帶被稱為寧靜的高級住宅區，唯獨今天，街上格外喧嚷吵鬧。

前來採訪的新聞從業人員將淺蔥家團團圍住了，還能看見好幾臺笨重的電視攝影機，彷若群聚在屍肉旁邊的鬣狗。

有幾個新聞從業人員注意到杵著不動的淺蔥，因而回過頭。

糟糕——淺蔥如此心想時已經晚了。攝影機鏡頭同時轉向她這邊，眾多記者朝淺蔥拔腿跑來。

可是，有輛車彷彿要擋住那些人，衝過來停在淺蔥面前。黑色高級轎車。駕駛座的窗戶打開，握著方向盤的妙齡女性厲聲叫道：

「快上車，淺蔥小姐。」

「堇阿姨……！」

淺蔥訝異歸訝異，仍打開了後座的車門坐進車內。

確認門關上的同時，司機開動車子。加速急促卻感覺不出，催油門的技巧順暢得驚人。

「妳已經可以開車了嗎？」

淺蔥向女司機問道。雨瀨堇是跟淺蔥的父親簽了約的特勤隨扈公司員工，擔任管家也相當能幹，對去年才剛喪母的淺蔥來說——儘管心情有些複雜，有事時仍是可靠的存在。

「是的。最近的防彈背心很優秀。」

堇按著左肩，和氣地笑了笑。

前天，淺蔥的父親在執行公務時遭遇暴徒攻擊，挺身保護的她因而中了槍，原本是連握方向盤都還很難受才對。

然而，堇完全不顯痛苦地笑了出來。

「這些風波到今晚就會平息。人工島管理公社的特偵部快開記者會了。貪汙事件真正的犯人，還有配合造假的記者都被逮捕了。令尊涉嫌瀆職一事，到此應該就能重獲清白了。」

為了讓淺蔥放心，堇用嚴肅的語氣加以說明。

不過爸爸其實是有涉入其中吧——差點這麼說出口的淺蔥把話吞了回去。

淺蔥並沒有純真稚氣到會相信世事都能清廉地運作。

「堇阿姨，妳會跟我爸爸結婚嗎？」

相對地，淺蔥用有些壞心的語氣問道。

「這個嘛，希望是可以。」

堇為難地露出微笑。

她的回答意外坦率，讓淺蔥使壞到一半就沒了勁。

堇跟淺蔥的父親彼此相愛，淺蔥都看在眼裡。喪母沒過多久的女兒難以承受這樣的事實，但在另一方面，淺蔥也明白自己無法完全嫌棄堇這名女性。

淺蔥能深刻體會到堇對自己的關心，更重要的是，她還是父親的救命恩人。

「那種人有哪裡好？年紀大，又離過一次婚，而且到處都是政敵。」

淺蔥賭氣似的把臉轉過去說道。呵呵——堇愉悅地笑了笑。

奔馳在沿海道路上的車被夕陽照耀著。堇望著人工島被染紅的景致，有些難為情地開了口。

「我喜歡這座島，這座人與魔族共存的島。」

「咦？」

「那個人是在為了保護這座島而戰，所以，我希望成為他的助力。我想保住能讓那個人安心回去的歸宿。」

堇透著後照鏡看向淺蔥，並且溫婉地笑了。

「——我是在說妳喔，淺蔥小姐。」

†

隔天早上。身穿睡衣的少女看淺蔥突然出現在自己的病房，就愣著停住了一會。雖然她頂著輕便的丸子頭又沒有化妝，但無疑就是昨天在操場跟淺蔥搭話的少女。

「藍、藍羽學姊？」

少女總算發出了聲音，還臉紅地抱著頭。

「等等……學姊，妳怎麼會來這裡！討厭，我頭髮亂糟糟的……」

淺蔥望著拚命整理起瀏海的少女，便偷偷地露出苦笑。

同時淺蔥也有些欽佩。確實如矢瀨所說，或許全心全意活著的少女是有可愛之處。相較於只有自尊心強又頑固的自己，她可愛得多。

「聽妳提到『我跟古城來醫院』時，我就覺得有些奇怪了。」

淺蔥看著病床上的少女說道。

她知道淺蔥曾經跟古城一起來探訪曉凪沙。

換句話說，她同樣待在醫院。身處迎接淺蔥等人的那一邊——也就是住院的患者之一。

「我稍微調查了妳這個人。德芬妮．櫻子．蒂諦葉。還是說，要叫妳『電子裝置的情人』比較好？」

淺蔥看著有一頭亮麗紅髮的少女說道。

少女病床的側邊桌上，擺了一臺混在替換衣物及雜誌等私人物品中的電腦。感覺不像十幾歲少女會有的東西，那是完全客製化的特規品，歐洲蒂諦葉重工製作的最新型。

「啊哈哈……蒂諦葉重工的神童身分被輕易看穿了嗎？不愧是『電子女帝』。」

少女投降似的聳了聳肩。「電子裝置的情人」是人工島管理公社簽了約的資訊戰技術負責人。擅長病毒攻擊的凶狠駭客，其真面目竟是像她這樣年輕的少女，連身為同行的淺蔥都覺得驚訝。她儼然是淺蔥的「後輩」。

「那個稱呼很羞人，希望妳別那樣叫我。」

淺蔥嘟嘴抗議。

在她保護人工島管理公社伺服器不受外敵入侵的過程中，不知不覺就被拱成傳奇駭客，但淺蔥單純只把那當成好賺的打工來應付，被用「女帝」這種響亮的綽號稱呼實非她所願。

更重要的問題是櫻子。她身為隸屬於軍事企業的駭客，想必不會毫無理由就來嘗試跟同行接觸，想成有目的才自然。

「妳為什麼會不惜冒著暴露身分的危險來跟我接觸？視情況與事由——」

淺蔥一邊把玩著手機一邊說道。對鉅細靡遺地掌握了島內情報網的淺蔥來說，絃神島形同她的武器。只要淺蔥有意，要光靠一個點擊就將櫻子除掉並非不可能。

淺蔥懷著如此危險的念頭，櫻子則臉色緊張地仰望她。緊接著，櫻子下定決心似的吸了氣，望著淺蔥的眼睛，明確地告訴她：

「那……那個，我……我喜歡妳，藍羽學姊！」

「……啥？」

淺蔥瞪大眼睛僵掉了。一瞬間，她沒聽懂對方向自己說了什麼。

「等、等一下，妳說的告白，是、是對我嗎！」

「是的。學姊說過，我即使告白也沒關係對吧。妳還說跟曉學長沒有在交往。」

身穿睡衣的櫻子好像拋開了某種矜持，朝著淺蔥節節逼近。她向淺蔥遞出了縫得格外醜的布偶。

「我一直很憧憬學姊。這是去年情人節沒能交給學姊的禮物。」

「妳、妳會在操場看著古城是因為……？」

「那個人是我的敵人，因為他是藍羽學姊喜歡的人！」

「呃……對、對不起。」

儘管淺蔥被櫻子的氣勢嚇住，還是明確地搖了頭。

櫻子放下要遞給淺蔥的布偶，無助地「嘿嘿」笑出聲音。

「沒關係，我早就知道了。」

片刻前的猛烈氣勢彷彿成了雲煙，櫻子靜靜地退回原位。隨後她帶著海闊天空的表情仰望淺蔥，並且吐氣。

「最後能向藍羽學姊告白，我舒坦多了。」

「最後？」

「公司決定將我送回本國了。硬性強化適得其反，讓全身變得有點不堪，因此要重新調整。」

櫻子淡然說著，像是事不關己。

蒂諦葉重工的菁英之子是藉著操控咒術，將思考速度及運算能力提升至極限的一種強化人。在資訊戰方面尤能勝任，但是另一方面，那對於腦細胞、神經以及內分泌系統負擔很大，舊世代之子身體會特別虛弱。

櫻子也屬於舊世代之子的一分子。

淺蔥以往都不知道彩海學園有她這個學生，恐怕也是因為櫻子反覆住院、出院，不常到學校。

「妹妹──第三世代之子會代替我來紘神島。她是個有趣的女孩，請學姊好好待她。」

「嗯……我會看心情。」

淺蔥漠然回答後露出微笑。然後，她驀地將視線停在櫻子抱著的布偶。

「欸，那個，還是送給我好嗎？」

「好的！當然可以！」

櫻子頓時臉色一亮，將布偶遞了過來。

淺蔥則在收下後苦笑。即使拿近看，果然仍是個醜布偶。

搞不懂櫻子為什麼要送這種禮物。然而，淺蔥卻莫名中意它，醜得有些吸引人。

「謝謝。我會幫妳保管，養好身體要再來跟我拿喔。」

「好！我一定會！」

櫻子用全力點頭時，護理師剛好進來了。回診時間似乎到了。像被趕出病房的淺蔥離去，在最後回過頭提問：

「啊，對了。它叫什麼名字？」

櫻子望著被淺蔥抱在懷裡的布偶，瞇細眼睛，然後有些害羞地道出了它的名字。

†

『喲……怎麼了嗎，小姐？』

外型仿照醜布偶建模而成的３ＤＣＧ頗有人味地從螢幕上搭話。它是由淺蔥編寫的人工智慧化身──「摩怪」。

「沒什麼啦，稍微想起了往事而已。」

淺蔥望著手邊的紅框平光眼鏡，微微地吐了舌。

那天，從醫院回家的路上，淺蔥順道去髮廊換了個流行的髮型。她不再用平光眼鏡掩飾臉孔，還練習起化妝。古城看見那樣的淺蔥也毫未改變態度，還關心地問「是不是家裡出了什麼狀況」而把話題扯遠了。令人不爽的是矢瀨在旁目睹以後，就帶著知情的表情賊賊地笑著。

淺蔥上次戴平光眼鏡已經是那個時候的事了。不過這次她並不是為了遮住臉孔，剛好相反。這是為了讓自己看起來成熟而準備的小道具。

畢竟，淺蔥接下來必須對全世界發動戰爭。

『女帝大人，準備ＯＫ了是也。』

豪華遊船「深洋之墓二號」船內特別設置的轉播攝影棚內，搭乘有腳戰車（Robot Tank）的麗迪安·蒂諦葉舉著轉播用的電視攝影機說道。

不知怎地，淺蔥忽然想起藍羽堇說過的話。

那個人是在為了保護這座島而戰，我希望成為他的助力——她這麼說過。她想替喜歡的人保住歸宿。

如今，淺蔥很能理解堇的心情。好比繼母打算替淺蔥的父親保住歸宿，淺蔥也要替古城保住歸宿。

哪怕要跟全世界為敵。

「各位絃神市民，大家好——」

淺蔥隔著眼鏡望向攝影機，靜靜地開口道來。

向聖域條約機構宣戰。她將道出為真祖大戰揭幕的話語——

第十四話
普通的我
也有奇遇……

放學回家的懶散午後。無心間經過便利商店的我，視線停在一張傳單上。以鮮豔黃色與紅色鑲邊的「生日快樂」標誌。看來今天似乎是這家店的人氣商品形象角色「炸雞塊公主」的生日。

為紀念發售十週年，所有炸雞塊商品都額外多送一塊，點數兩倍，而且前三十位買炸雞塊的消費者將獲贈特製鑰匙圈。我看著那樣的手寫標語，微微地苦笑。連炸雞塊都能這麼盛大地慶祝生日，我卻比不上——我懷著有些尖酸的心境這麼想。

「呃……這位客人？」

被疑惑似的聲音叫到，我緩緩抬起臉。

隔著雜亂的收銀臺，臉上掛著客套笑容的店員跟我對上視線了。對方是個還年輕的男店員，大概跟我同年齡層，或許是念高中的工讀生。做不慣的工作似乎讓他感到疲累，那副缺乏英氣的表情使我擅自產生了同伴意識而懷有好感。他肯定跟我是同類，屬於連炸雞塊公主都當不了的眾多小人物之一。

「對不起，請問多少錢？」

我想起自己才結帳到一半，就拿出了錢包。年輕店員像是鬆了口氣，幫忙唸出合計的金額。

「兩件商品是四百六十二圓。如果您有帶集點卡——」

「啊，有的。」

我有帶——我一邊告訴他一邊交出買東西的錢。短瞬間，我猶豫是否該加購一份炸雞塊公主。雖然並沒有特別想吃炸雞塊，可是特製鑰匙圈讓我有點心動。或許我是想拿個可以當紀念的東西。

結果我卻什麼都沒說，拿了商品與集點卡就從店裡離開。幾秒鐘之後，剛才的年輕店員急忙衝出店門。

「客人，找錢！您沒拿找的錢！」

「啊……對不起。」

我紅著臉收下店員遞來的零錢。附近路口的行人們對店員嚷嚷的聲音起了反應，把視線轉向我們。不過那也只是一瞬間的事。

連話題都當不了，尋常無奇的烏龍狀況。如此判斷以後，那些人立刻將視線從我們身上轉開。那讓我亂不好意思的。感覺那些人似乎正在內心嘲笑：反正你們就這點程度而已。

我茫然目送害臊地一邊搔頭一邊回店裡的年輕店員。他的背影看起來比最初見面時更疲倦無助，或許是在反省找的錢忘了交給我。我有些過意不去。

我拖著沉鬱的情緒，逃也似的從現場離開。

就在此時，我與陌生的少女錯身而過。

身穿彩海學園制服的嬌小少女。她大概正要去練樂團，還揹著黑色吉他盒。

然而，更吸引我目光的是她那端正得驚人的臉龐。

亮澤如烏黑絹絲的頭髮；白皙肌膚；顯得意志堅強的大眼睛。我也自認還算注重外表，她的容貌卻出色得讓我連比都不想比。

她跟我這種小人物不同，跟「那個人」一樣是屬於獲天遴選的人。

「…………」

吉他盒少女避開強烈陽光，佇立在商店屋簷下，凝視著牆上所貼的海報。警方呼籲民眾留意及提供情報的告示。

印在告示上面的是三名少女的大頭照。她們是最近這兩個月在這座城市失蹤的少女。儘管警方並沒有明確發表，坊間卻繪聲繪影地傳出會否是吸血鬼犯案的流言。

吸血鬼。

正常來講，任何人都懶得理會那種荒謬的流言，而在這座城市每個人都理所當然地接納了。並沒有過度害怕，但也沒有一笑置之。

紘神島，魔族特區。在這座城市，怪物根本不稀奇。

縱使是世界最強吸血鬼亦然。

†

絃神島位於太平洋的正中央，是座漂浮於東京南方海上三百三十公里處的人工島。四座名為Giga float的浮體構造物組成了這座徒有其表的城市。

而我站在Giga float的連接處——巨大吊橋的中間。

稍微從人行道的扶手探出身子，就能在腳邊看見捲起白浪的海面。頭頂上，有桁架結構的鋼筋與無數吊索，看起來固然相當壯觀，對這座島的居民來說卻是稀鬆平常的景象。

我吃著在便利商店買的三明治，茫然望著海。可貴的是風勢並沒有多強。以朱紅色的夕陽為背景，海鳥們正悠然飛舞。

「那麼……」

我喝完剩下的寶特瓶裝紅茶，然後稍稍伸了懶腰。拿出手機確認時間。下午六點二十分。儘管希望能趕快入夜，然而天色仍舊明亮，南國的太陽似乎意外地遲遲不肯西落。

坦白講，我很快就感到無聊了。

基本上我走到這裡並沒有什麼目的。吃完沒滋味的晚餐以後，除了等時間經過就無事可做了。

行人多的話，或許多少能解悶。不巧的是，幾乎沒有人會步行橫越長度近一公里的吊橋。我的學校幾乎在島的另一邊，因此遇見熟人的可能性接近於零。

所以突然有陌生人搭話，讓我嚇了一大跳。

「勸妳別跳海比較好喔。」

她用仍留有稚氣的嗓音說道。對方是帶著一隻大型犬的矮個子女孩。

年紀大概十一二歲，幾乎可以確定是小學生，然而表情卻相當成熟穩重。剪齊的及肩細軟髮，還有讓人聯想到難伺候的貓咪的大眼睛使我留下印象。

「……跳海？」

我用納悶的語氣反問，少女就正色點頭說：是的。

「聽說在海裡溺死的屍體會逐漸腐敗，使得臉部皮膚脫落，全身還會因為氣體蓄積而脹開，被魚類或海蟑螂啃成慘兮兮的模樣。」

「等……等一下。」

我不小心想像了自己成為溺死屍體的模樣，因而露出苦瓜臉。

「難道說，妳以為我打算自殺？」

「我誤會了嗎？」

小學生反倒一邊撫摸愛犬的背，一邊意外似的反問我。

女高中生獨自在黃昏時從吊橋探出身子，無所事事地望著海。確實是被懷疑有意自殺也無可奈何的狀況。不過……

「錯了喔。我又不想死。」

我笑著聳了聳肩。嗯——少女狐疑地歪過頭。

「既然如此，妳在這種地方做什麼？」

「嗯～～怎麼說呢……應該算蹺家吧？」

「蹺家是嗎？」

少女納悶地看向我帶著的東西。只裝了課本的上學用包包。確實並非適合蹺家的行李。

「哎，所謂的微蹺家啦。我今天有回不了家的理由。」

「妳受到家人虐待了嗎？」

「咦？啊，沒有。並不是那樣。」

我苦笑著搖頭。雖然不太想跟別人講，但受到這樣的誤解實在不妙。

「其實呢，今天是我的生日。」

「原來是這樣啊？生日快樂。」

少女沒有多訝異地如此說道。謝謝——我含糊地笑了笑。

「如果有家人能像這樣為我慶祝，倒是件好事。」

「妳的家人不在世上了嗎？」

「我想他們活得很好，只是對我不感興趣而已。」

我意識到這不是適合跟小學生談的話題，並且喃喃嘀咕起來。我大概是從很久以前就一直希望有人能聽自己吐苦水了。

「我的父母都是咒術師。哎，即使稱作咒術師，天分也不足以只靠那維生，而是在微不足道的企業受聘當研究員。」

我會搬來絃神島，也是因為雙親被魔族特區的企業聘僱。

「因此，我和姊姊從小就受了咒術的訓練，只是我沒有天分。」

「啊……」

少女體恤我似的垂下目光。

咒術的世界是殘酷的。如果沒有與生俱來的天分，光靠努力也不能成事。

「可是，我姊姊不一樣。那個人四年前就考到了國家攻魔官的證照，還是在太史局當六刃神官的菁英分子。明明她跟我才差兩歲。」

「……六刃神官？」

少女莫名困惑地蹙眉。哎，也難怪她會訝異。畢竟六刃神官可是跟獅子王機關的劍巫齊名，在日本政府屬於實力最強的攻魔師。」

「恕我失禮，能請問妳叫什麼名字嗎？」

「咦，我嗎？」

少女唐突地提問，使我愣愣地眨了眼。

「我姓妃崎，妃崎硝佳。妳呢？」

「學校教過我，不可以將名字告訴陌生人。」

「咦！等一下等一下，確實是那樣沒錯，可是妳先要我報名字才說這種話，會不會太過分？」

忽然被搪塞過去的我表示憤慨，少女就不滿地咂嘴了。

「我的名字……叫作結繪，杍目結繪。」

「結繪？什麼嘛，這名字滿不錯的啊。」

「會嗎？即使是客套話，我也覺得很高興。」

「不不不，對這種事情講客套話有什麼用啊。」

少女莫名達觀的反應讓我苦笑著搖頭。

「總之，就因為這樣，我的父母滿腦子只有我姊姊，才不會想起我的生日。更何況那個人下週末就會回來絃神島。」

這時候，我的雙親肯定正忙著預約要跟企業的大人物見面。他們想利用放假回來的姊姊，將生了優秀女兒的自己拚命推銷出去。

「原來如此。事情我了解了。」

結繪沉重地點了頭。

「就算那樣，我覺得跳海自殺還是有問題。」

「我就沒有打算自殺啊，早就說過了吧，我只是今天不想回家而已。事到如今，我並不會想叫父母替我過生日，但至少不想見他們是我的自由吧。」

「所以，妳就決定蹺家了？」

「差不多。」

「既然如此，沒必要一直待在這種地方吧？」

「咦？」

「看是要去咖啡廳，或者一個人唱ＫＴＶ，至少比這座橋上好玩的地方還多得是。何況女高中生要獨處的話，這裡會有點危險。」

「危險？因為第四真祖會出現？」

我微笑著反問，結繪就詫異地睜大了眼睛。不知怎地，她帶著的凶臉大型犬還用責備般的目光瞪我。

「原來妳曉得啊？」

結繪語帶嘆息地向我問道。我帶著好轉了些許的心情點頭。

「當然啊，畢竟我就是來見第四真祖的。」

✝

黃昏時分，第四真祖會現身於人工島的聯絡橋上——

在生活於這座島的女高中生之間，這是祕而不宣的都市傳說。

大約從第一名失蹤者出現後，流言就爆發性地傳開了。在社群網站上頭，甚至沒有任何一天讀不到第四真祖的目擊情報。

基本上，應該不是所有人都相信第四真祖存在，否則話題不會這麼容易炒作才對。畢竟要提到第四真祖，那可是在過去毀滅了好幾座城市的怪物，超脫於人世之理的世界最強吸血鬼。

「見到第四真祖以後，妳打算怎麼樣？」

結繪用略顯傻眼的目光仰望我。

「被吸血鬼吸過血的人，會變成吸血鬼吧？」我如此回答。

「如果是從人類轉化，我認為會變成『血之僕從』。」

結繪細心地糾正。「血之僕從」是從主人那裡分到魔力的假性吸血鬼，不能使役眷獸，身為主人的吸血鬼要是死了，自己也會跟著消滅。即使如此，那仍無異於不老不死的魔族。

「我想要成為某種特別的存在，跟其餘普通的一般大眾有所不同。」

「光是能活得普通，我覺得就已經很特別了。」

結繪用莫名的強硬口吻反駁。我忍不住笑出來。以年齡而言，她好懂事。

「哎，是沒錯。不過，身邊有姊姊……家姊那般特殊的存在，我就很難像那樣看開。」

「所以，妳想成為吸血鬼？為了獲得姊姊與父母認同？」

「我不會否定本身有想讓人另眼相看的念頭，不過我更希望的是改變自己。因為我對什麼也辦不到的自己感到厭煩了。」

今天肯定是脫胎換骨的好日子，因為這將是我身為魔族的新生日。

萬一無法成為假性吸血鬼而被殺害，那也無妨。既然是世界最強吸血鬼的犧牲者，那就已經夠特別了。

至少，可以讓我免於對那個人——對姊姊產生自卑感。

「在這座島上發生的連續失蹤案，凶手真的是第四真祖嗎？」

結繪冷靜地問道。相當尖銳的指摘。假如第四真祖沒有出現在現場，我的計畫根本不能成立。

「妳問的也對。我想並不是所有人都由衷相信第四真祖擄走了那些女生，基本上也沒有證據能夠指出第四真祖是不是真的在這座島。」

至今仍有許多人懷疑第四真祖是否真的存在。尤其有力的說法，就是第四真祖其實是人工島管理公社用來掩飾自身失職而編造出來的虛構魔族，有這樣的陰謀論。

絃神島發生大事故時，聲稱是第四真祖下的手所以無可奈何，就能用來逃避責任。

「可是我有親眼看過第四真祖。」

「……咦？」

睫毛顫動的結繪受了驚嚇。看她那樣，讓我有點自豪的感覺。

「今年冬天，絃神島遭受過恐怖分子襲擊吧。」

「感覺這座島大部分的時候都在遭遇攻擊就是了。」

「我說的是空中出現大型魔法陣，還有眷獸從天散落那次。」

「深淵之陷事件對吧。」

沒錯——我點了頭。根據官方的發表，恐怖分子召喚出來的那些眷獸都被獅子王機關的攻魔師擊退了。可是我不小心看見了。

「那時候，我有從避難的大樓窗戶看見喔。我看見對面的建築物有年輕吸血鬼偷偷在吸

女生們的血，之後還召喚出好像很凶猛的眷獸。」

「原來如此……吸女生們的血……」

結繪不知怎地鼓起了腮幫子嘀咕。好可愛，看了忍不住想戳她的臉頰肉。

「哎，所以說嘍，我是認真相信有第四真祖，而且想在這裡等待他現身，至少會等到日期改變。」

「呃，可是……」

「謝謝妳替我擔心。結繪，妳最好早點回家喔。要是連累到妳，我也會良心不安。」

「不，我不會有事的，畢竟還有牠陪著。」

結繪蹲到愛犬旁邊說道。我疑惑地望向他們。那應該是叫凍土德國牧羊犬吧，有著銀色毛皮的狼犬。長相確實精悍，我卻不覺得牠能贏過世界最強吸血鬼。不過，我對那隻狗有種奇妙的印象，感覺有些懷念。

「再說，現在似乎也來不及了。」

「來不及？」

我露出嚴肅的表情，順著結繪的視線抬起了臉。於是我驚覺。

伸向對岸人工島的長長吊橋，在予以支撐的吊纜上頭站著一道黑影。那是個任由披風飄揚的修長年輕男子，有幾隻樣似蝙蝠的小型魔獸飛舞於身邊，彷彿在護衛著他。

「第四……真祖？」

我用沙啞的聲音嘀咕。彷彿在呼應這句嘀咕，男子張開了既黑又邪祟的翅膀，然後他帶著深紅的眼睛笑了，裂開的唇縫間露出了尖銳巨大的獠牙。

✝

結繪帶在身邊的銀犬發出攻擊性低吼。黑色吸血鬼見狀，臉上便露骨地浮現不快之色。

「等一下！」

我挺身站到結繪前面保護她。接著我向頭頂上的男子大喊：

「不要對這女孩出手！你的獵物是我！無論要將我納為僕從或殺了我，都隨你高興！」

「…………」

呵——吊纜上傳來男子嘲笑的動靜。他帶著小型魔獸翩然降落到與我們同樣的高度。

不負第四真祖的形象，相當美形。雖然散發的氣質有幾分廉價，還有種陶醉於自身演技，令人有些看不下去的感覺，但還不至於無法忍受。然而——

「呃，不好意思。很遺憾，我認為妳對他說那些也沒有用。」

結繪說著把我推開了。我呆住以後回望她。

「沒用？」

「那個人不是第四真祖。何止如此，他連吸血鬼都不是。所以硝佳小姐，他不可能把妳變成『血之僕從』。」

「不會吧……」

我訝異地注視眼前的黑衣男子。假如這個男的不是正牌第四真祖，那他到底是誰？

「有一件事我忘記說了。雖然沒有報導出來，失蹤的三個女高中生都已經找到了，以屍體的形式，在這附近的海上。」

「妳說……屍體……」

「是的。死因為衰弱致死，彷彿被某人吸盡了生命力——」

「住口！」

好似要打斷結繪的話，黑衣男子粗魯地嘶吼。他率領的幾隻魔獸同時朝結繪殺來。

「——唔！」

「結繪！」

樣似巨大蝙蝠的魔獸將結繪的身體輕易舉到空中。它們直接帶走結繪，還想把她推到吊橋底下。結繪的愛犬打算保護主人，卻寡不敵眾。狼犬被三隻魔獸夾攻，慘遭撕裂全身而斃命。

「不可以！快停下來……！」

無視我拚命的叫喚，魔獸在空中放開了結繪。結繪連尖叫都發不出，直接墜落到十幾公尺底下的海面。我茫然望著那一幕，絕望逐漸填滿內心。

「好了，過來吧。我會如妳所願，將妳的命吸收殆盡。」

聽得見黑衣男子的聲音。我遵從他的聲音指示，主動朝他靠近。腦海深處像麻痺一樣什麼都無法思考，全身乏力。

可是，在淡出的意識角落，我感覺到有些許不對勁。不對勁。沒錯，血腥味。結繪那隻全身遭到撕裂的狗沒有濺出任何一滴血。

我回頭望去，映入視野裡的是破碎的銀色金屬片。

我看姊姊用過相同的道具——用來製造式神的金屬護符，國家攻魔官的配備品。原來那隻狗是攻魔師的式神。

「透過那具式神的眼睛，你的魔力波長已經被記錄下來了。式神的主人馬上會趕到這裡，你逃不掉了喔。」

從橋下傳來口齒不清的嗓音，讓黑衣男子嚇得肩膀顫抖。那是理應墜入海裡的結繪在說話。

可以聽見魔獸正在鼓翅。

黑衣男子率領的蝙蝠型魔獸乘著來自海面的氣流，輕靈地飛舞而上。

結繪抓著它們的腳。理應把結繪推下去的魔獸反而在半空中將她接回來了，宛如護衛女王的忠實兵蜂。

「結繪！」

「怎麼可能！我的奴僕們啊，殺了那女孩！」

黑衣男子拉高音調向魔獸下令。那些魔獸一邊凶猛地嘶吼一邊露出尖牙，可是在接近結繪的瞬間，它們立刻像被馴養的小鳥一樣安靜下來。

「它們叫作羅潘，棲息於南太平洋島國，是瀕臨絕種的飛行型魔獸。蔚藍樂土的魔獸庭園應該已經向警方通報失竊了。」

降落在橋上的結繪撫摸魔獸們的背並喃喃自語。黑衣男子瞪著她，恨恨地咬響牙關。

「居然……靠心靈支配馴服了那些魔獸？我懂了，妳跟我是同族嗎……！」

「請不要把我跟你這種被通緝的淫魔相提並論，真令人不愉快。」

結繪焦躁似的撇了嘴。被她操控的那些魔獸撲向黑衣男子，使他不由得發出哀號。我從全身僵直的狀態中恢復過來，彷彿從惡夢醒來，意識忽地變得鮮明。

「淫……魔？」

「也有人稱他們為男妖，是具備心靈支配能力，還會吸收人類精氣的魔族。」

結繪確認我平安以後，才露出放心的表情說道。

「不過，即使說是心靈支配，他們的能力都很微弱，對常人幾乎不管用。除非目標在睡眠中一時毫無防備，或者是內心耗弱得想要求死才會生效。」

「啊……」

我感到相當羞恥。內心耗弱得想要求死，那正是在說此刻的我。

然而那應該不只我一個吧。被第四真祖的流言吸引而來到這座橋的少女們，心裡都懷有想從現實逃避的軟弱。這個黑衣淫魔就是藉著這一點殺害她們的。

「可是，結繪……妳為什麼會知道這些呢？」

「對不起，我對妳說了一個謊。」

「謊？」

「我真正的名字是結瞳，江口結瞳。我跟妳姊姊也互相認識。」

「……咦？」

我感到強烈的混亂，思索著無關緊要的事情。朽目結繪，江口結瞳。原來如此，單純只是將姓名字音拆開重組(Anagram)罷了。

而且我還來不及從混亂中振作，傳來的淒厲尖叫就讓我倒抽一口氣。

在人行道上掙扎抽搐的，是原本攻擊淫魔男子的那些魔獸。

渾身是血的淫魔手裡握著貼有警告標示的噴霧罐——對付魔獸的催淚瓦斯。他用那罐瓦斯讓魔獸們死去活來。

男子扔掉已經噴完的瓦斯罐，還發出野獸般的低吼。

他眼冒血絲，並且衝向結繪——結瞳，將她一把舉起。

「哈，逮住妳了！我逮住妳了，臭小鬼！」

「什……！」

男子無視愕然回頭的我，直接把結瞳推向吊橋的護欄。他醜陋地扭曲著臉孔一邊狂笑，一邊抓向結瞳的喉嚨。

「我懂了，就是妳！妳就是莉莉絲！世界最強的夢魔『夜之魔女』！一直在干擾我發出念波的，原來就是妳——！多虧如此，這三個月以來，我一直都沒有好好享用過女人（飼料）！」

淫魔男子雙手使力。

粗魯大吼的他臉龐已經絲毫看不出原先見面時的端正。假造的獠牙折斷了，紅色隱形眼鏡也掉了其中一邊。

結瞳拚命抵抗，雙方體格卻有壓倒性的差距。

看她痛苦地喘氣，我冒出一股莫名強烈的憤怒。

對自己的憤怒。

結瞳的真正身分是世界最強夢魔，還跟姊姊互相認識。她跟我不同，是屬於特別的人種。另一方面，我則是毫無力量的一般大眾，連要活下去都沒有氣力的懦弱蟲。

可是就算那樣，也不代表我會想對比自己小的女生見死不救——

我希望成為特別的存在。那才不是為了得到雙親誇獎，我希望能讓自己更接近內心崇拜的姊姊一點，以便讓自己抬頭挺胸跟那個人見面——

「就算妳身為夢魔再怎麼強大，折斷這細細的頸子就玩完了吧——」

淫魔男子殘暴地尖笑。然而，他的笑聲立刻變成了一陣悶哼。因為我抓著書包使勁一揮，精準地命中了他的鼻尖。

臉孔被裝滿教科書的書包砸到，男子身子後仰飛了出去。結瞳一面輕咳一面帶著訝異的表情看我。

出手攻擊的反作用力讓我站不穩，我卻有種開懷的解脫感。

因為我痛擊曾殺害三個人的魔導罪犯，救了世界最強的夢魔少女。以一般大眾來說，戰果應該算出奇豐碩。

話雖如此，狀況不容我鬆懈。

淫魔男子滴滴答答地流著鼻血並瞪向我，滿懷凶狠殺意的視線讓我膝蓋發抖。吊橋上無處可躲，我沒有自信能帶著結瞳平安逃脫。

「結瞳，妳快逃！」

我又一次舉起書包大叫。我從最初就懷著會死的覺悟來到這裡，假如能爭取時間讓結瞳逃掉，反而是漂亮的結果吧。

可是結瞳沒有逃。她略顯愉悅地微笑，然後靜靜地安心吐氣。

「不，我想已經沒事了。因為正牌的來了。」

「……正牌的？」

我納悶地回望結瞳。於是在我身旁，有道人影輕靈落地。

揹著黑色吉他盒的女生，在便利商店前跟我錯身而過的那個美少女。她身邊跟隨著兩隻銀色狼犬，跟結瞳之前帶著的一模一樣。原來那具式神的施術者是她。

「我來晚了，對不起，結瞳——幸好有趕上。」

少女用正經八百的語氣說道。

透過嚴酷訓練培養出來的靈巧身手，毫無迷惘的堅強意志。我想起先前跟她錯身而過時為何會想起姊姊的理由了。這個少女跟姊姊一樣，她是接受過對魔族戰鬥訓練的攻魔師。

「唔……！」

淫魔被她的目光射穿，便害怕地退後。當著準備旋踵逃跑的淫魔男子面前，有道新的人影擋住了去路。

對我而言，那是比攻魔師少女更加令人意外的人物。

瀏海像狼的體毛一樣色素淡而斑駁，還有慵懶的眼神。並沒有特別醒目之處，感覺隨處可見的普通少年，披著的白色連帽衣底下露出了便利超商店員的制服。他是之前拿著找的錢追過來的工讀生店員。

「幸好打工的休息時間剛好到了。」

店員將指節扳出聲音，朝淫魔男子接近。

與毫無緊張感的臺詞形成對比，從他全身釋出了爆發性的魔力。

連缺乏咒術天分的我也能明確感受到的濃密魔力。那跟消滅深淵之陷眾眷獸的是同一股力量。

「妳說的正牌……該不會，是指真正的第四真祖？就是那個人嗎……！」

騙人的吧——我看向結瞳。然而，結瞳只像性情不定的貓咪細了眼睛。

「慢……慢著……不是的。我、我沒有打算跟你作對……」

淫魔男子一邊發抖一邊後退。準備逃走而張開的魔力之翼，被工讀生店員以魔力餘波吹散。

「不好意思，害妳遭受危險了，結瞳。多虧如此，我總算見到這傢伙啦。接下來，是屬於第四真祖的工作！」

少年粗獷地露出了獠牙。他的拳頭被眩目的雷光所包覆。

淫魔男子因恐懼而臉色僵凝。於是第四真祖的拳頭砸進了他的面門。

與魔法及能力無關，完全靠蠻力的強橫一擊。慘痛的碰撞聲迴盪開來，淫魔男子被打飛到半空。撞在吊橋主塔上的他摔到人行道，發出了液體般的「啪噠」聲響。只剩下一絲夕陽的餘暉和寂靜留在現場。

✝

「換句話說，有淫魔冒用第四真祖的名號，結瞳則是在幫忙搜查犯人嘍？」

送結瞳到離家最近的車站的路上，我重新聽她說明。

吉他盒少女據說是獅子王機關的劍巫，留在現場辦理將落網淫魔交給警方的手續。

身為第四真祖的少年則表示休息時間快要結束，就急忙趕回打工的便利超商去了。超商工讀生的身分是世界最強吸血鬼，老實說至今我仍然無法接受這樣的事實。然而，魔族特區肯定就是如此。

「男妖是魔力微弱的種族，因此難以靠機械性的感應器或魔法探測出下落。所以我才會跟雪菜姊姊聯手合作，主動當誘餌來進行搜查。既然犯人是淫魔，我也沒辦法置身事外。」

「原來……是這樣啊。」

從結瞳不經意的嘀咕當中，我感受到她的苦惱，因而語塞。

能操控他人心靈的淫魔與夢魔都屬於容易遭受歧視或迫害的魔族。假如有淫魔犯罪，就會對認真過活的其他同胞造成困擾。

結瞳身為夢魔女王，應該不能坐視這樣的問題。

「第四真祖會在橋上現身或許也是犯人散播的流言，為了引誘像我這種笨女生。」

結瞳垂下視線，對我語帶自嘲的這段話表示沉默。我似乎在無意間點出了真相。

「不過，多虧有妳，我才得救了。」

「咦？」

「硝佳小姐，妳剛才很帥氣，用書包將犯人揍飛的時候。」

「啊～～……」

我自覺臉頰紅了起來。那時候的我只是拚了命，完全不顧一切，實在不是值得被人誇獎的模樣才對。

即使如此，世界最強的夢魔少女給了我那句誇獎，讓我覺得心裡點起了光明。

比任何生日蛋糕的蠟燭都要溫暖，名為自豪的一絲光明。

「硝佳小姐，妳還會想成為吸血鬼嗎？」

離別之際，結瞳在車站入口回過頭，並且向我問道。不會——我搖搖頭。

「畢竟我目睹了世界最強吸血鬼在便利商店打工，還領最低時薪……」

「說得也對。」

我打趣地回答，結瞳也跟著微微一笑。那是與年齡相符的可愛笑容。

「哎，一般人會試著用一般人的方式努力啦。所以說，結瞳，有機會再見吧。」

「好的。硝佳小姐，雖然我不想再跟妳的姊姊見面，是妳的話就可以喔。」

結瞳留下了聽似有恩怨未解的一句話，走進車站。

她那小小的背影，無論怎麼看都是普通的小學生。

在這座城市，有我原以為特別的存在過著普通的生活；相反地，原本讓我覺得普通的人，也會是世界最強的佼佼者。既然這樣，即使我是如此普通，或許也能成為某個人心目中的特別存在。我忽然有了這種想法。

總之，既然大了一歲，或許試著開始打工也不錯。

但是在那之前，今晚我有事要做。

我要跟分隔兩地生活的姊姊久違地聊一聊。

以便向她報告普通的我經歷了什麼樣的奇遇——

第十五話
樂園的婚禮鐘聲

1

映照在鏡中的女孩身穿純白的結婚禮服。

栗色頭髮梳了髻。纖瘦肩膀大膽地外露，烘托出高挑的她身材有多好。

統一成柔和粉彩色調的新娘休息室裡，響起了小小的敲門聲。

接著傳來的，是曉古城略顯緊張的說話聲。

「——我可以進去嗎，煌坂？」

「請、請進。」

鏡前的紗矢華無意識地伸直背脊，並且答話。

休息室的門有了打開的動靜，區隔室內的布簾隨之搖曳。

現身的是瀏海有做造型，給人印象比平時成熟一點的古城。純白的華麗長禮服外套讓他有些穿不慣，令觀者不禁微笑。

「彩排的時間快到了，會場人員要我通知妳過去——」

他看見紗矢華回頭的模樣，話說到一半就打住了。

紗矢華看他睜大眼睛僵著不動，因而納悶地微微歪過頭。

「怎麼了嗎？」

「呃……沒有，我有點吃驚。因為煌坂——不對，紗矢華，妳好漂亮……」

「你……你在說些什麼啊，在這種時候……笨蛋……」

古城的話語出乎意料，讓紗矢華的心臟狂蹦。暴露在外的頸根與肩膀都泛上紅暈，使她細聲數落了對方。

紗矢華無法坦率的反應一如往常，讓古城露出了愉悅的笑容。

「志緒同學還有唯里同學，好像都專程到場嘍。還有，喵咪老師也從本土來了。」

「這、這樣啊。」

紗矢華帶著僵硬的表情點頭。古城則瞇眼對她表示關心。

「妳該不會是在緊張吧？」

「嗯……那固然也有……」

紗矢華目光游移。事到如今才湧現的不安化成了言語脫口而出。

「我問你喔，選我這樣的女生當對象真的好嗎？」

「『妳這樣的女生』是什麼意思？」

古城顯得有些生氣地說。他在怪罪紗矢華自卑自貶的態度。即使如此，紗矢華到了這個時候還是對自己缺乏自信。

「畢竟，你還有很多對象吧。像是拉．芙莉亞公主、藍羽同學、奧蘿菈，還有……雪菜也是……而你卻選了我這樣的女生……我在想……這樣好嗎？」

話說到一半，紗矢華旁邊「叩」地冒出敲牆的聲音。

回神後，帶著認真眼神的古城的臉就在她眼前。

「曉……曉古城？」

被逼到牆際的紗矢華畏懼地嘀咕。

而古城把嘴湊到她耳邊，並且壓低聲音細語：

「妳不應該連名帶姓地叫我——要叫古城(親愛的)才對吧，紗矢華。」

「啊……」

紗矢華被他的氣息逗弄到耳膜，肩膀頓時打顫。

古城卻不以為意地繼續說道：

「我選擇了妳。我要的並不是別人，而是妳這個人。」

「嗯。」

低頭的紗矢華眼裡變得濕潤，淚珠撲簌簌地湧出。

先前強勢的古城態度一變，手足無措地慌張起來。

「喂，妳、妳別哭啦。典禮又還沒開始。」

「誰教……我好高興……」

紗矢華以濡濕睫毛鑲邊的眼睛眩目似的仰望古城。

古城彷彿對微笑的她看得入迷，一瞬間睜大眼睛。

接著他把手伸向紗矢華的下巴，硬是讓紗矢華將臉抬起來。

「紗矢華……」

「啊……不、不可以……現在還不行……」

古城打算將嘴唇疊上來，紗矢華只在口頭上表現出排斥。

然而與紗矢華的言詞正好相反，她將無防備的嘴唇迎向對方，霎時間——

「打擾嘍～～」

伴隨輕輕的敲門聲，休息室的門被打開，有開朗的嗓音傳來。

從布簾另一邊探出臉的人，是穿著派對禮服的曉凪沙。

「煌坂學姊……不對，紗矢華姊姊，讓妳久等了。花束已經送到嘍。」

從今天起將變成紗矢華妹妹的她，捧著豪華花束踏進了房裡。

接著，凪沙注意到古城，因而不可思議地眨起眼睛說：

「咦？奇怪，古城哥也在啊？出了什麼狀況嗎？你們兩個，臉都紅通通的耶……」

「沒什麼啦。我先去會場那邊。」

古城輕輕摸了紗矢華的頭，然後便從休息室離去。

「我也很快就會過去，要等我喔。」

紗矢華朝古城的背後喚道。她想馬上追到他後頭，卻得設法處理留在妝上的淚痕才能離開休息室。

「欸，紗矢華姊姊……妳幸福嗎？」

紗矢華依依不捨地目送古城，凪沙便用溫柔的語氣朝她問道。

「嗯。」

紗矢華臉頰通紅，毫不猶豫地斷然點了頭。

2

在蜿蜒漫長的山路盡頭，可以看見一群樸實暗淡的建築。

由紅磚砌成的厚實建築物，感受得到歷史的名門住宿學校的校舍。

有輛計程車爬上坡道，停到校門前。

付完車資從計程車下來的，是一對貌似高中生的少年與少女。

其中一方——制服襯衫外面披了白色連帽衣的少年，腳步搖搖晃晃地湊到鋼鐵製的門板前。原本就給人慵懶印象的他，如今臉色已經從蒼白變成了土黃色。

「呃……你還好嗎，學長？」

揹著黑色硬盒的制服少女有些慌忙地趕到少年身邊。

面對替自己輕撫背部的少女，少年——曉古城露出靠不住的微笑說：

「哎，勉勉強強。我只是稍微暈車而已……路程有夠曲折的。」

「對不起，我應該先準備暈車藥才對。學長，要喝茶嗎？」

「不好意思，讓妳幫了大忙。」

古城接下姬柊雪菜遞來的寶特瓶，感激地拿來就口。

用冰透的綠茶潤喉過以後，感覺舒暢了一點。

順帶一提，不久前雪菜才拿了那只寶特瓶喝過，但他們本人絲毫沒有意識到這點，不知道是幸或不幸，現場也沒有人嚷嚷他們這樣算間接接吻。

「這就是獅子王機關的培育設施啊……感覺像普通的學校。」

勉強從暈車振作起來的古城仰望面前的建築物說道。

「表面上，它仍然是用普通學校的名義。」

雪菜懷念般把視線轉向校舍。到紘神島出任務之前，她一直都在這座學院的宿舍生活。

「高神之杜女子學院——小中高一貫教育的住宿學校。學校規模小歸小，在關西圈還是被當成稍有聲望的名校看待喔。」

「哦……聽妳一說，是有那樣的氣氛。」

古城踏進學院的土地，並且感到稀奇似的環顧周圍。

具體來說並沒有什麼地方看得出端倪，然而古樸校舍的外貌，還有細心養護的花圃等等，整體都給人高雅的印象。

在校內來往的學生們，看起來也都很認真。

「話說回來，我們是不是滿受注目的？」

古城感受到像被陌生人監視的氣息，不由得撇了嘴。從校舍的死角乃至走廊窗口，學院到處都有扎人的目光投射過來。

視線是來自這座學院的學生——與古城他們同年齡層的少女們。

「我想是因為男人很稀奇。畢竟這裡是女校。」

「所以我才會覺得待在這裡很尷尬嗎……」

古城無奈地聳了聳肩。

畢竟有穿著外校制服的學生們踏進了自己的學院，會產生戒心也是可以理解。假如其中

一名入侵者還是異性，那就更不用說了。

不過，唯有一點令人意外，那就是學生們的視線大多對著雪菜，而非古城。

「咦，不會吧！」

「姬柊學姊？」

正要前往辦公室的古城他們耳裡，突然聽見了少女們高亢的聲音。

將校舍連接起來的穿廊中央，有兩名嬌小的學生表情驚訝地杵著不動。她們凝視的是雪菜的臉孔。

「妳們是國中部的學妹吧。日安。」

雪菜帶著溫和的微笑向兩人搭話。

霎時間，兩名學生像觸電一樣立正。

「是、是的！日安！」

「我、我們失陪了！」

兩人用硬邦邦的語氣問候之後，就急忙轉身離開了。

俐落逃跑的模樣宛如在草原中央撞見獅子一樣。間隔片刻，從遠方傳來了哀號般「呀啊啊啊啊」的叫聲。

「那是在搞什麼？」

古城目送發出怪叫聲跑掉的學生們，茫然嘀咕。

雪菜落寞地搖頭。

「從以前就這樣了。同學還有學妹們，都討厭我……」

「欸，我可不覺得那是在討厭妳。」

古城用困惑的語氣說道。那些學生對雪菜的態度，完全就是粉絲遇見崇拜的名人才會有的反應。

「我沒有放在心上，所以不要緊的。因為我習慣了。」

雪菜打斷古城說的話，又繼續邁步前進。

於是，這次從其他方向傳來了學生之間的對話。對面校舍的窗邊，有少女們在偷看這裡。她們大概以為自己有躲好，但是都露餡了。

「大家在說的姬柊學姊，是那個姬柊學姊嗎？以史上最年輕的歲數領到七式突擊降魔機槍的見習劍巫——」

「對呀。就是那個容貌及心腸都有如天使，還引導為非作歹的第四真祖改過向善的姬柊學姊。」

「好厲害，她真的好漂亮……臉小小的……眼睛還很大……！」

學生們興奮討論的聲音，即使離得遠遠的也能聽見。

感覺各方面都有些誇大，但她們提到的傳聞，明顯是對雪菜懷有善意的。

「那好像是在說妳喔，姬柊。」

「都、都是紗矢華她們為了尋開心，就不負責任地散播了傳聞才會變成這樣子，絕對沒錯……」

古城賊笑著指出這一點，雪菜便紅著臉低下頭。

連自我評價不太高的她，這次好像也不得不認同那是在稱讚自己了。

雪菜害羞似的躲到古城身後，學院的學生們對話卻沒有停下。那些女孩並沒有發現自己的聲音被古城他們聽見了。

「——那麼，在學姊旁邊的該不會是第四真祖？」

「咦～～不會啦不會啦，絕對不可能。那麼土的男生，跟姬柊學姊不配吧。」

「我看是姬柊學姊押送的魔導罪犯吧？看起來很像跟蹤狂。」

唔——被那些連姓名都不知道的學生當成罪犯，古城微弱地咕噥。

跟雪菜的評價落差太大，實在令人無法不憤慨。為什麼光是跟雪菜走在一起，就要被人說成那樣？

「請、請學長不要介意。那些女生都是女校長大的，因此不習慣跟男生相處……」

雪菜連忙打圓場。古城則板著臉孔硬擠出笑容說：

「沒關係……反正我習慣了……」

古城承受預料外的心靈創傷，走進了辦公室所在的建築物。

3

在會場通道向新娘搭話的人，是個氣質委靡的中年男子。

「喲，志緒，看來妳過得挺好的。」

「曉、曉牙城……！」

志緒看見男子故作熟稔地揮手，便心慌似的停下腳步。

他身為新郎的親人，難得規矩地穿了禮服。然而還是給人有些放浪不羈的印象，這恐怕是志緒先入為主的觀念所致。

睽違幾年又見面的他，容貌與初次相遇時沒多大差別。

可是，志緒心裡已經沒有像以前那樣的憧憬了。

他是志緒心愛的人的血親——如此而已。

不過，自己以前為什麼會對他懷有憧憬呢？到了現在，志緒很能理解其中的理由。牙城有點像志緒年幼時就過世的父親。雖然外表及性格完全相反，可是對人莫名熱心，又喜歡來搭理志緒的煩人態度都很像。

不曉得牙城是否明白志緒內心的感傷，他像是在怪人講錯話一樣搖頭。

「喂喂喂，叫我公公才對吧，既然妳要成為我家的媳婦。」

「是、是這樣沒錯……」

唔——志緒語塞了。

跟曉牙城的兒子結婚，他的立場自然會變成志緒的公公。

牙城簡直像被逗樂一樣，揚起嘴角笑了笑。

「來吧，做個練習。說來聽聽看，叫我公公。」

「公……公公……」

「啥，妳說什麼？聽不見耶。來，大聲再說一遍。」

「唔唔……」

「只有第一次會害羞啦，很快就習慣了——唔喔！」

趁機刁難志緒的牙城突然悶哼慘叫出來。

猛一看，是牙城的兒子古城出現在他的背後，還捶了父親的頭。

「臭老爸，你在對自己兒子的新娘做什麼？」

「痛耶～～～……混帳，下手輕一點啦，笨兒子。」

「古、古城……！」

志緒提著新娘禮服的裙襬，從牙城旁邊逃到古城背後躲了起來。

古城則理所當然地護著這樣的志緒。

牙城看兩人緊緊依偎在一起，就滿意地放鬆了嘴角。

「看來你們感情很好。我放心了。」

接著，牙城正色改用溫柔的眼神對著志緒他們。

「志緒，古城就拜託妳了。別看他這樣，其實這傢伙挺胡來的。」

「是、是啊……我曉得……不，我明白您的意思。」

志緒直直地望向牙城，然後連忙低下頭。

「那個，感謝您今天來參加婚禮。」

「噢，要幸福喔。」

牙城恢復平時故作熟稔的習氣，並且甩了甩手對著志緒笑。

而志緒把他跟父親的影子重疊在一起，用力點了頭。

「好的，公公。」

4

古城與雪菜被領到了迎賓用的會客室。

厚厚的地毯與真皮沙發。裝潢太過高檔，讓人難以自在的房間。

話雖如此，這並不算非分的款待。

身為獅子王機關一員的雪菜也就罷了，以古城的情況而言，他是被獅子王機關請到高神之杜這裡的客人。

「不好意思，讓你們久等了。」

會客室的門打開，有個穿巫女服的少女進來。

她的年齡應該與古城相同，或者較為年幼。

身高與嬌小的雪菜幾乎沒有差異。即使穿上女子學院的制服，恐怕也不會讓人覺得不搭調。

然而，她的外表有兩點引人注目。

其一是光潤到脫俗境界的純白秀髮。

至於另一點，則是隔著寬鬆巫女服也能明確看出的豐滿胸部，從嬌小體格簡直無法想像的過人分量。

古城當然不用說，連雪菜身為同性都被少女的胸部奪走目光，隨後——

「——呃，呀啊啊啊啊啊！」

巫女服少女突然在空無一物的地方絆到腳，就一股勁兒地倒向古城。

「唔喔！」

古城反射性地將少女抱住，傳到手掌的觸感讓他發出怪聲。

重量與彈性，還有好似能無止盡地深陷其中的柔軟度。古城從未體驗過這種蠱惑人的觸感。

「妳、妳沒事吧？」

雪菜擔心地扶起跌倒的少女。

把古城當成肉墊的少女連忙起身，並且整理凌亂的衣服。

「啊唔唔，對不起。抱歉，真對不起，讓你們見笑了。那個，因為我看不清腳邊……」

「腳邊……？」

不懂意思的雪菜一臉不可思議地反問。

「原來如此。」

而古城交互看了雪菜與少女的胸口，就莫名理解地點了頭。即使兩個人的身高幾乎相同，低頭看腳邊時的視野寬闊度也差得太多了。

「學長，為什麼你一瞬間看了我的胸部！」

雪菜沒好氣地用白眼瞪了古城。她應該也察覺巫女服少女跌倒的理由了。就算這樣，要被古城抱怨的話也很困擾。

「……現在才自我介紹，我名叫闇白奈。」

在尷尬的氣氛中，巫女服少女重新向古城他們低頭行禮。

霎時間，雪菜驚訝似的縮起了身子。

「闇、闇大人……？」

「妳們認識？」

古城看雪菜忽然變得拘謹，因而納悶似的問道。

雪菜表情僵硬地點了頭。

「這位是獅子王機關的『三聖』之一。」

「三聖？妳說的三聖，該不會跟那個叫閑的人一樣……」

古城見過面的獅子王機關「三聖」，是名為閑古詠的年輕女子。古城曾經跟她交手，還束手無策地敗了。既然同樣號稱「三聖」，這個名叫闇的大胸少女想必也擁有跟閑古詠相等

的力量吧。

「是的。但我與閑不同，只是個容器，單純用來容納代代相承的闇之意志。」

「闇之意志？」

「請當成……一種類似記憶的東西。闇之巫女橫跨了好幾個世代，一直在承繼祖先的人格與力量，為了對抗長壽魔族帶來的威脅。」

「啊……」

古城聽懂她話中的意思了。

以不老不死的吸血鬼為首，在魔族當中，壽命長達幾百年以上的種族並不算少。憑個人的經驗與知識，頂多活一百年左右的人類應該是沒有勝算的。

即使靠書籍與口傳來延續，下一代能繼承的資訊量仍然有限，紀錄本身也有遭竄改的風險。

因此就有一群人想到要讓下一代的血族繼承自己的記憶，藉此將「力量」本身傳下去。闇之一族正是其後裔。

「那麼，我們會被叫來這裡，表示事情跟妳的記憶有關嗎？」

「可以說是那麼一回事，也可以說不是那麼一回事。」

白奈做出曖昧的答覆。古城露出困擾的表情，與雪菜面面相覷。

「要說明的話，我必須先談到高神之杜這裡的歷史。所謂的高神，就是靈威強大的神明的統稱，然而——這個詞也泛指強大的祟神。」

「祟神？」

「意思就是為禍人間的神靈。不過在另一方面，祟神也是透過隆重祭祀，就會給予強大庇佑的存在。」

「那麼，所謂的高神之杜——」

古城警覺地抬起了臉孔。

正如你所想的——白奈點頭示意。

「是的。在高神之杜的校地內，封藏著眾多的災厄與禍神。呃，恕我失禮，祂們對人類的威脅性足以匹敵第四真祖——也就是你……」

「……所以獅子王機關的設施才會落在這種遠離人境的深山嗎？」

古城不寒而慄地抖起肩膀。原來，高神之杜本身就是用於封印災厄的一塊隔離區。

「姬柊，妳知道這些事情嗎？」

「姑且有當成知識學過。據說，高神之杜的學生其實也是為了祓除禍神而聚集來的巫女。而且在學院後方的樹海，也設了強大的結界。」

「……那道結界被打破了——總不會是這樣吧？」

古城用疑心的眼神看向白奈。假如有那種事，獅子王機關就是為了讓古城與雪菜對抗災厄，才叫他們來這裡的。

「萬一狀況變成那樣，我就沒辦法這麼鎮定了。」

白奈連忙搖了搖頭。

接著，她有些難以啟齒似的垂下視線。

「不過，並不是結界仍有效用就不會發生問題。高神之杜的結界是用來封藏當中的禍神，並不是用來阻擋外來入侵者的。」

「換句話說，有人闖進了結界？」

是的——白奈抿脣點了頭。

「女子學院有學生擅自踏進結界，因而失蹤了。她們的足跡斷在位於結界內的舊校舍附近。兩週前有兩人，上週也有兩人，到了這週則變成三人。」

「總共七個人失蹤啊……還真多。」

古城板起臉孔說道。

就算是受過訓練的見習攻魔師，讀國高中的少女們迷失於樹海就已經是大問題了，何況在那片樹海當中還封印著災厄的話就更不用說了。

「這週的三個人是獅子王機關為了搜索失蹤者，才派過來的攻魔師。呃……我想，你恐怕也認識她們。」

「是我認識的人？」

古城訝異地看了白奈。

提到在高神之杜跟古城有緣的熟人，班底就相當有限了。

「難道說，失蹤的是……」

「獅子王機關的劍巫，羽波唯里，還有舞威媛煌坂紗矢華與斐川志緒。」

「紗矢華她們……！」

雪菜訝異地挺出身子。

白奈並沒有怪罪雪菜的脫序之舉，垂下目光說：

「一開始是煌坂隻身前往調查，但她到了隔天仍然沒有回來，因此又派出羽波與斐川。這也是她們本身的意願。」

「啊……」

紗矢華以及唯里等人都已經持有職業攻魔師的證照，同時也是隸屬於高神之杜的學生。要是得知同學院的學妹們失蹤，基於立場也會率先參加搜索才對。

「但是，以結果而言，她們全都成了未歸之人。」

白奈苦惱地嘀咕。

「所以我才被召回來了嗎？」

雪菜用靜靜的嗓音提問。

雖然說至今仍屬於見習身分，雪菜同樣是劍巫，跟紗矢華她們也有深交。

獅子王機關還有許多其他攻魔師，但總不能為了學院的學生，就把出外執行重要任務的她們召回來。所以用消去法會挑上雪菜，說來是可以理解。儘管雪菜同樣在執行任務，但監視的對象曉古城身為學生，在這一點就比其他攻魔師好通融。

「沒有錯。精確來說，是為了借助妳與曉古城先生——你們兩位的力量。」

「我……跟曉學長？」

白奈的回答與預料中不同，使得雪菜疑惑地反問。

不知怎地，說明的白奈似乎有點為難而無助地目光游移。

「當然，獅子王機關是有經驗比妳更豐富的攻魔師，要投入妳與煌坂的師父緣堂緣也是可以……不過，恐怕連緣堂也不可能解決這次的異變。」

「連師尊大人也沒有辦法？」

白奈戰戰兢兢地回答了訝異的雪菜：

「我有這樣的預感。要救出受困於結界中的那些人，只能派妳與古城先生兩個人。」

「預感……欸，換句話說就是妳的直覺嗎？叫我們來的根據只有那樣？」

「因為闇家原本的職責是擔任巫女。」

這時候，白奈總算才自信地挺胸微笑。

「巫女……我懂了……」

古城似乎有所領會，闇白奈便肅穆地告訴他：

「是的。所謂的巫女，就是代神傳諭的預言者。」

5

「唯里～～！」

鐵灰色長髮的少女衝進新娘休息室。穿新娘禮服的羽波唯里立刻轉身，把她接到懷裡。

「葛蓮姐？妳專程從蔚藍樂土過來了啊。謝謝妳。」

「姐～～！」

鐵灰色頭髮的少女——葛蓮姐像親近人的小狗一樣亮起眼睛，緊緊地抱住唯里。她身為長壽的龍種(Dragon)，從認識後過了近五年，外表仍然與當初幾乎沒有差異。

然而葛蓮姐的內在有了大幅變化。目前的她，已經是負責擔任魔獸口譯的傑出研究者，

是蔚藍樂土的魔獸研究所成員之一。

「很可愛耶，那套禮服，相當適合妳。研究所的大家幫妳選的嗎？」

唯里稱讚葛蓮妲穿的派對禮服。

能與她的髮色互相搭配的銀灰布料加薄紗，織成了輕盈的洋裝。兼具可愛與高雅，很適合如今長大後的葛蓮妲。

「唯里～～妳也漂亮～～！」

葛蓮妲仰望著唯里說道。

「呵呵，謝謝妳。」

與客套無緣的少女坦率地稱讚，讓唯里露出了滿面的笑容回話。

然而就在隨後，從後方死角傳來的意外嗓音，使唯里的笑容隨之僵凝。

「令人吃驚……呢……這塊年輪蛋糕……非常地美味……奶油發揮了點睛之效……嘗起來很是……潤口。」

穿著豪華禮服的紫髮麗人不知從哪裡冒出來，正在大啖烘焙的糕點。

而盛裝的金眼少年仰望著這樣的麗人，並且用含蓄的語氣予以規勸。

「陛下……您正在吃的，似乎是婚禮結束後要讓客人帶回去的伴手禮。」

「別計較小細節……這可是……在辦喜事。」

麗人啃起剩下的一整塊年輪蛋糕，少年便死心似的閉起眼睛。

唯里茫然望著那樣的主僕說：

「第、第二真祖艾索德古爾・亞吉茲陛下？您、您、您怎麼會來這裡……？」

「為什麼……？妳問這個問題，可就怪了……呢。」

紫髮真祖維持著啃年輪蛋糕的姿勢，還眨了眨眼睛。

「第四真祖要迎娶伴侶……對吧？同樣身為真祖，我會出席反而是合情合理的……不是嗎？」

「是、是啊……說、說得對……」

唯里生硬地點了頭。

由於當事人缺乏自覺，唯里總會差點忘記，但她的結婚對象曉古城是第四真祖，世界最強的吸血鬼。

而其他真祖會來參加古城的婚禮，絕非奇怪之事。

然而，婚禮上的新娘不是別人，正是唯里自己。她似乎到現在才想起自己的立場，差點被沉重的壓力壓扁。過度緊張令她想吐。

第二真祖彷彿看穿了唯里動搖的心思，便優雅地微笑說：

「有自信點……今天的妳相當美麗……喲。」

「咦？」

「既然要成為第四真祖的伴侶，妳與我們陛下就屬於同等。若是過於謙卑，妳將會讓曉古城顏面無光。在典禮上，另外兩名真祖也會現身才對。」

易卜利斯貝爾王子用絕情的語氣告訴唯里。

與漠然的遣詞正好相反，他對唯里的關心是顯而易見的。

第二真祖貿然闖進新娘休息室，其無禮的舉動也對唯里產生了提醒與慰勉的作用。

「是的。謝謝您，陛下！還有易卜利斯貝爾殿下！」

唯里收斂表情，並且毅然點了頭。

紫髮真祖滿意地瞇起眼，然後把手伸向第二塊年輪蛋糕。

「唯里～～妳幸福嗎？」

仰望著唯里的葛蓮妲突然帶著正經的表情問道。

「是啊，相當幸福。」

唯里撫摸龍族少女的頭髮，露出了輕靈似花的微笑。

6

「……樂園？」

古城一邊走向深邃森林裡，一邊反問雪菜。

地點是據說封印了眾多災厄的高神之杜樹海。為了將失蹤的那些學生帶回來，古城他們踏進了被結界保護的山麓禁區。

然而與想像中的形象不同，結界裡充斥靜謐安詳的空氣。

結界裡到處設有供奉祟神的社祠，長長的石階與鋪了鵝卵石的參道將那些社祠串在一塊。

陽光透過樹林縫隙照亮的森林景致很是優美，空氣也新鮮，有一絲登山健行的情趣。

「我跟女子學院的學妹們打聽過。最初失蹤的學生們似乎跟朋友提到，她們在結界裡發現了樂園的入口。然後，她們就說要去那裡實現願望。」

雪菜繼續向古城說明。潛入禁區之前，雪菜獨自拜訪了女子學院的宿舍收集情報。

「樂園……？樂園是什麼名堂？」

「以宗教而言，這也會被當成天國的同義詞，但她們說到實現願望就讓人好奇了。倘若如此，大概是接近桃花源的樂園吧。」

「每個人都能實現願望的和平世界嗎……」

古城帶著困惑的表情沉思。

即使說是樂園，那是在女校學生之間使用的字眼，含意未必如字面所示。用來代指流行的店家名稱或者同伴間的祕密聚會處也是可以想到的狀況。

然而女子學院出身的雪菜沒聽過，表示那應該是最近才傳開的名詞。或者，那說不定是雪菜這種正經學生不會聽聞的負面場所。

「只有這項情報的話，什麼也不好說耶。總之失蹤的學生不是被強行帶走，還可以曉得她們是憑著自己意志踏進結界的。就算那樣，還是有可能受了他人操控。」

「學長說得對。」

雪菜帶著凝重的表情點了頭。

儘管雪菜表現得很堅強，不過在聽完白奈的說明以後，她的眼裡不時會浮現擔憂之色。大概是在擔心失蹤的紗矢華等人吧。

「姬柊，妳想實現的願望是什麼？」

為了盡量讓雪菜轉移心思，古城刻意帶開話題。

「學長是說，我的願望嗎？」

為什麼要這麼問呢？雪菜彷彿感到疑惑地回望古城。

「失蹤的是跟妳同年齡層的女生吧。既然這樣，我覺得妳的願望或許可以當參考。」

「——我會希望學長不要引發奇怪的事件，或者被奇怪的事件牽連吧。」

「別許那麼現實的願望。」

雪菜的回答莫名實際，讓古城使勁板起了臉孔。

「不是那種，總有其他的吧。比如將來想做的事情、想成為什麼人物之類。」

「待在高神之杜的女生們，我想無一不是志在成為攻魔師。畢竟她們都是來到這個學院時就已經沒有選擇的餘地了。」

「啊，對喔……這個地方，原本就是那樣運作的。」

古城察覺到雪菜的臉孔有一絲落寞，就偷偷地吐了氣。

據說待在高神之杜的學生幾乎都是像雪菜這樣的孤兒，或者因為強大靈能力招惹禍端而無法留在父母身邊的小孩。她們來到這座學院就能得到衣食住的保障，卻也註定要成為獅子王機關的攻魔師。從一開始，她們就沒有被賦予其他的選項。

「那麼，妳連成為新娘子之類的願望都沒有嗎？」

古城用正經的語氣說道。

雪菜則一臉傻眼地仰望古城，並且深深地嘆了氣。

「讀幼稚園的小朋友也就罷了，這個年代才沒有女生會認真懷著那樣的夢想。」

「也對喔……剛才我自己說完，也覺得沒人會那樣想。」

被年紀比自己小的少女開導，古城反省似的搔了頭。

無論男女，結婚都是人生的分歧點之一。那並不應該拿來許願，純屬其中一個過程。要是以抵達那裡為目標就錯了吧。

「呃，不過，我並不討厭當新娘喔。所以，學長，假如你無論如何都要……我也……」

「——闇小姐說的舊校舍就是那裡嗎？比想像中還荒涼耶。」

古城發現他們視為目的地的建築物，就忽然出了聲。

前一刻的嘀咕被輕易略過，使得雪菜用幽怨的視線對著古城。

「唔～～……」

「怎麼了嗎，姬柊？擺那副有趣的臉。」

「我的臉才不有趣！」

雪菜依舊鼓著腮幫子，並且朝面前的廢棄校舍逐漸靠近。

兩層樓高的小小木造校舍。根據闇白奈的情報，大約是在三十年前發生了小火災，後來似乎都沒有拆除，就一直擱置於此。

雖然包含在高神之杜的結界之內，但這棟建築物本身並沒有受到封印。據說每年都會有學生為了試膽之類的理由路過這裡，不過以往並沒有發生過問題。

「看起來就像是幽靈出沒的建築物耶。出於好奇會想來看看也是可以理解啦。」

古城朝化為廢墟的校舍望了一圈，還發出不負責任的嘀咕。

「不過，要在這棟建築物裡度過兩週，實在有困難呢。」

雪菜仰望崩落的校舍屋頂說道。

地板腐爛的建築物已經露出地基，玻璃窗也幾乎一片不留。要靠這棟建築安穩過夜應該有困難。

「說得也是。感覺也沒有魔物或什麼棲息在這裡。」

古城走進建築物當中，定睛觀察內部的模樣。

基於場所的緣故，大概會有野鳥或蟲出入，但並沒有會襲擊人類的大型獸類潛伏的形跡。假設有那種生物棲息，想必也無法不留任何戰鬥的痕跡就將紗矢華及唯里她們打倒。在廢棄校舍的某處藏了密室，而她們被幽禁於其中的可能性似乎也不高。

唯一令人在意的，是植物的茂密程度。

繁殖的藤蔓類植物包覆了整棟快倒榻的建築物。該植物的種類明顯與周圍的森林不同。爬藤玫瑰、鐵線蓮、初雪葛——全是能開出美麗花朵供園藝用的品種。

廢棄校舍被那些花朵點綴，呈現了令人聯想到妖精住處的夢幻樣貌。感覺只像有人刻意在維護這一片景觀。

如果在森林裡發現了這種建築物，任誰都會忍不住靠近一探究竟吧。儘管如此，仍不足以稱作樂園。終究只是棟稍微漂亮點的廢屋。

「這是……」

古城在包圍建築物的藤蔓中發現全新的金屬片，就把那撿了起來。厚度不滿一毫米的薄薄金屬片。他對表面繪製的圖樣有印象。

「是咒符呢……獅子王機關的舞威媛在製造式神時會用的術式。」

雪菜探頭看了古城手中的金屬片，然後發出凝重的嗓音。

「表示煌坂她們來的是這裡不會錯嘍。」

古城握緊破損的咒符碎片，並且咬緊了牙關。

既然有咒符留在這裡，紗矢華或志緒其中一邊肯定在現場用過式神。然而，她們用的式神在完成任務前遭到破壞，變回單純的金屬片。換句話說，是施術者的意識中斷了。

這棟廢棄校舍的周圍果然有古怪。那就是學生們失蹤的原因。

「姬柊，能不能用咒術探查煌坂她們的行蹤？」

古城抬起臉朝雪菜喚道。

可是雪菜沒有回話。古城困惑地環顧四周，卻不見雪菜的人影。她忽然從廢棄校舍的土地內消失了。

「姬柊……？」

古城困惑的叫聲迴盪於樹海。

然而並沒有聲音回應他的呼喚，唯獨吹過的微風讓群花搖曳生姿。

7

「新郎，古城——」

設置在絃神島「魔族特區」婚禮會場內的戶外禮拜堂(Garden Chapel)。

矢瀨基樹穿著神職人員風格的服裝，還用莊重的口吻朝古城喚道。

「你發誓，無論生病或健康時，無論富裕或貧窮時，你都會將在這裡的雪菜視為妻子疼愛，並且嚴守貞操，直到死亡將兩人分隔嗎？」

穿著白色長禮服外套的古城把目光轉到了站在旁邊的雪菜臉上。

接著，他臉色緊張地鄭重宣告：

「我發誓。」

在觀禮者們屏息守候之下，古城的嗓音意外大聲地迴盪於禮拜堂。

矢瀨滿意地點頭以後，跟著又轉向新娘那邊。

「新娘，雪菜——」

雪菜身穿清純的新娘禮服，肩膀微微地發了抖。隔著薄薄頭紗望見的景色被白色陽光籠罩，讓她覺得簡直像樂園一樣。

「妳發誓，無論生病或健康時，無論富裕或貧窮時，你都會將在這裡的古城視為丈夫疼愛，並且嚴守貞操，直到死亡將兩人分隔嗎？」

「——我發誓。」

間隔了百感交集的短瞬沉默，雪菜做出答覆。

噢噢——從觀禮者們口中發出了一波感嘆的聲浪。

「那麼，請你們交換戒指，並且以吻立誓。」

矢瀨催促他們繼續進行儀式。

古城頷首，然後轉向雪菜那邊。

雪菜接過擺在戒枕上的戒指，套上古城的無名指。

隨後，古城接下了要給雪菜的結婚戒指。

在雪菜伸來的左手無名指上，已經套著一枚銀戒。

那是將她的肉體暫定為「血之伴侶」的魔具。

古城就在雪菜的那根指頭疊上了新的戒指。

第二枚戒指，只是不具任何魔法效力的裝飾品。然而，那枚戒指蘊藏的意義遠比第一枚沉重。

當兩枚戒指套在一塊的瞬間，從雪菜眼裡滴下了淚水。

「妳為什麼在哭？」

古城用略顯動搖的語氣問道。

雪菜仰望他，哭著露出了微笑。

「對不……起。但是，我好高興……」

古城聽著雪菜斷斷續續的聲音，便害臊似的垂下了目光。

他用手指悄悄地掀起雪菜的頭紗。

古城的臉近得令人吃驚，而雪菜絲毫沒有轉開視線，直直地回望他。

「可以嗎？跟我這樣的人永遠在一起——」

古城用細語般的聲音問道。

「我就是要跟學長……不，跟親愛的在一起。」

雪菜連盈出的眼淚都忘了擦，還大動作地點頭，然後閉上眼睛。

「妳幸福嗎，雪菜？」

耳邊傳來溫柔的聲音。

雪菜打算回答那個問題，霎時間——

8

「姬柊……妳在哪裡！」

古城的聲音迴盪於被藤蔓包覆的廢棄校舍。

雪菜卻沒有回應。只聽得見葉片的聲音窸窸窣窣，好似在嘲笑古城。

快要倒塌的廢棄校舍後頭，有一片美麗的庭園。而在入口處，掉了一個黑色包包。那是雪菜前一刻還揹在身後，裡頭裝了銀色長槍的硬盒。

「姬……柊……？」

古城趕到掉落的硬盒旁邊，然後疑惑地停下了腳步。

沿著庭園的通道設有用來布置花卉的裝飾柵欄。

失去意識的雪菜就被束縛在那道金屬柵欄上。

長有美麗花朵的綠色藤蔓捆著她的手腳。

宛如獻給怪物當祭品的巫女，雪菜就像受到了釘十字架之刑。

不，受到釘十字架之刑的不只雪菜。

唯里、志緒還有紗矢華，以及古城不認識的高神之杜女子學院的學生們。她們全都被藤蔓捆住全身，就這麼睡著了。

那模樣有種莊嚴感，甚至有藝術感。簡直像仿照神話女神製作的浮雕。

而在她們的中央，站著一名更加美麗的赤裸女子。

如長生種的尖耳朵，還有綠色長髮，再加上人工物般的過人美貌，配得上森林妖精之名的神聖存在。

然而，古城卻毫不掩飾敵意地瞪她。

『——為什麼，你不肯讓我看你的內心？』

古城的腦裡聽見了聲音。

充滿困惑的聲音。

「搞什麼，妳是誰……？」

古城向女子問道。

他知道對方並非人類。

綠髮女子沒有腳，而是以樹幹般的模樣直接紮根於地面。

束縛雪菜等人的藤蔓都是從她的根部伸過去的。

『我是編織美夢者。與名為蓬萊、常世、極樂世界之地同列——』

「……難道妳想說自己就是樂園？」

古城用壓抑住怒氣的冷冷語氣問道。

蓬萊、常世、極樂世界。那是傳說中遺留在世界各地的樂園名稱。綠髮女子自稱是那些樂園之一。

『請打開心胸，讓我看你的願望。那麼一來，我就能予以實現——』

女子的聲音像搖籃曲一樣，在古城的腦海裡響起。

含強力催眠效果的聲音。只要完全委身於那陣聲音，古城確實就可以實現願望吧。只不過那並非發生於現實中的事，而是她讓人看見的夢境。

「妳要實現我的願望？別笑死人了，黏菌女。妳只是用那種方式吸收咒力強的人，然後把她們當成自己的養分吧。」

古城露出凶狠的笑容放話。

綠髮女子根本不是什麼樂園，當然更不是妖精或女神。

她的真面目，是擁有智慧的黏菌，分不出是植物或動物的原始性群集生物。

『我——吾乃這塊土地的土著神之一。作為實現願望的代價，人們會向神靈獻上祭品。這是公平的交易吧？』

綠髮女子將強烈的憤怒意念傳達過來。

強大的心靈干預能力。那是她唯一的武器。她就是用那種力量將人們吸引過來，再以美夢為餌奪去他們的生命力。

然而，她的能力對古城無效。古城身為吸血鬼真祖，對於心靈干預類的魔法具備強力抗性。

「什麼叫公平的交易，妳那只是讓人作夢的詐欺嘛。」

『區區人類能分別夢與現實嗎？你怎麼斷言自己所見的現實不會是他人所作的夢？』

伴隨著嘲弄似的情緒，綠髮女子皺起臉。

以黏菌來說算是了不起的智慧——古城坦然感到佩服。

即使如此，這並不代表古城接受了她所說的話，更沒有理由服從她。

「我才不管這是夢或者現實。」

『什麼？』

「我的夢，由我自己來決定。立刻把姬柊她們放開。照辦的話，我還可以網開一面把妳送去博物館。」

古城全身迸出了金色的火花。

吸血鬼真祖的龐大魔力想尋求出口，正在古城體內作亂。

近距離承受那股魔力的波動，使得綠髮女子嚇歪了臉。她所感受到的根源性恐懼，直接傳到了古城腦裡。

『住手……難道你敢殺我？攻擊我的話，這些女孩也會死喔。』

束縛著雪菜等人的藤蔓蠕動起來，捆住了她們的頸根。那大概是想拿她們當人質。真是擁有了不起智慧的黏菌。

然而，古城卻對黏菌的恫嚇嗤之以鼻。

「難道妳真的以為她們會對妳製造的夢境滿意？」

『…………？』

「姬柊她們啊，恐怕比妳想像的還要麻煩一百倍喔。」

古城的言詞莫名有真實感，讓綠髮女子心生動搖。

隨後，少女們受困於藤蔓的身體出現了異象。

『什麼……這……怎麼回事……？』

理應昏睡著的雪菜等人，釋出了龐大的咒力。

不可能發生的現象，使得綠髮女子狼狽到可悲的地步。
然而，古城事不關己地吐氣表示：早跟妳說了嘛。
雪菜等人在無意識間發散的情緒，古城是相當熟悉的。
對古城來說深感親切的情緒——憤怒。
在自稱樂園的女子所提供的夢裡，她們正火冒三丈。

9

「——等一下！」
雪菜準備跟古城以吻立誓，就被粗魯的聲音制止了。
她訝異得瞠目，古城則明顯地倉皇失措。
推開禮拜堂裡那些觀禮者現身的人，是穿著新娘禮服的高挑少女。栗色的秀髮梳了髻，豐滿胸部彷彿要從禮服裡蹦出來——
「紗、紗矢華？」
「這怎麼回事，曉古城！今天不是我們的結婚典禮嗎！」

當著驚訝的雪菜面前，紗矢華朝古城逼近而來，氣勢凶狠得彷彿要徒手將他勒死。

「咦，不是的，這……」

另一個新娘唐突地闖進會場，使得古城回話支支吾吾。

雪菜只能傻眼地望著這一幕。

扮演神職者的矢瀨則無計可施似的捂住眼睛。

觀禮者們鼓譟起來。

可是騷動並沒有這樣就結束。從禮拜堂的左右門口，各有不同的新娘現身了。

「慢著，煌坂！這是怎麼一回事！為什麼妳跟姬柊會穿著新娘禮服！這裡可是我跟曉古城的婚禮會場耶！」

「等一下等一下！太奇怪了！古城同學是要跟我結婚的啊！連第二真祖艾索德都特地來參加婚禮了耶！」

志緒與唯里趕到現場，還從兩旁挽住了古城穿著長禮服外套的手臂。

雙臂被固定住的古城動彈不得，紗矢華就面對面地瞪了他。

「為什麼……這明明是我的夢想……我想當幸福的新娘子……」

「你不是要幫我實現願望嗎！」

「古城同學，我明明相信你……！」

志緒與唯里一邊硬扯古城的手臂，一邊發出各自的怨言。

「唔……唔……啊啊啊啊……」

古城彷彿不明白發生了什麼事，帶著空洞的眼神不停低吟。

「太過分了……學長……」

雪菜用力握緊戴了戒指的左手，並且悍然仰望古城。

她在握著的拳裡凝聚咒力，然後將拳頭使勁揮去。而且——

「學長……你這個笨蛋～～～～～～——！」

雪菜隨著閃光揮出的拳頭將原本束縛著她的藤蔓撕裂了。

她猛然睜大眼睛，還用蠻力扯斷纏在身上的剩餘藤蔓。

雪菜氣得高聳肩膀，並且「呼～～呼～～」地不停喘氣。

凶悍得實在不像前一刻仍昏睡著的少女。

綠髮女子則呆愣地望著那難以置信的景象。

「妳醒了嗎，姬柊？」

「是的……我作了一場很糟糕的夢。太差勁了！」

雪菜莫名生氣地回答古城的問題。

好過分的遷怒方式——古城聳肩表示無奈，並把黑色硬盒扔給她。

雪菜把那接到手中，從盒裡抽出銀槍。

七式突擊降魔機槍——能讓魔力無效化，並斬斷萬般結界的破魔長槍。

「具備心靈支配能力的黏菌型魔導生物——她就是這次異變的元凶嗎？從封印當中逃脫的細胞碎片，經年累月下來似乎就繁殖增生了。」

『唔……啊……』

雪菜持槍釋放的神格振動波光芒，讓綠髮女子明顯地生畏了。

對身為魔導生物的她來說，「雪霞狼」能讓魔力無效化的力量形同劇毒。

「玩弄並利用人們純粹的心願——對這種邪惡的生物不需要留情面。我會當場把妳消滅到連一顆細胞都不剩！接下來，是屬於我的鬥爭！」

「——不，雪菜。是我們的聖戰才對！」

雪菜顯露私仇的這句話，被另一群少女出聲接了下去。

劈啪扯斷藤蔓起身的，是原本理應還在昏睡的紗矢華等人。

「煌坂……還有唯里同學與志緒同學……」

不知怎地，紗矢華等人也跟雪菜一樣氣瘋了，使古城嚇得退避三舍遠遠望著她們。古城有預感，如果現在胡亂找她們講話，就會莫名其妙地跟著遭殃。

『為、為什麼……我明明……只是想實現妳們的願望……』

綠髮女子將疑惑的情緒傳達過來。

霎時間，雪菜她們的心裡都冒出了理智斷線的聲音。

「別開玩笑了～～～～～～～～──！」

被結界包圍的樹海深處，迴盪著攻魔師少女的怒吼。

據說，後來才短短幾十秒鐘的工夫，生有黏菌狀肉體的凶惡魔導生物就不留痕跡地從這個世界消滅了。

10

「呃～～……換句話說，因為姬柊妳們的願望碰巧重覆，讓夢裡的內容出現矛盾，那團黏菌創造的心靈世界就錯亂崩潰了，狀況是這麼一回事嗎？」

古城望向炭化的樹木根部，並且嘀咕著將情報做了整理。

位於眼前的，是以往廢棄校舍的殘骸。

原本纏住建築物的藤蔓被連根燒光，已經連痕跡都不剩。

那片優美的庭園也一樣不在了。

綠髮魔導生物被從昏睡醒來的唯里砍得七零八落，然後被雪菜以「雪霞狼」淨化，跟著就被志緒與紗矢華用咒術砲擊連同周圍建築物一把燒個精光了。

在這段期間，古城能做的就只有把其他還在沉睡的學生抬去避難。以世界最強吸血鬼而言，這項工作顯得很樸素，但既然能免於出現犧牲者，事情能這樣收場應該就夠好了。

「雖然並不清楚明確的運作機制，不過我想大概就是那樣。畢竟以原理而言，據說心靈干預類魔法本來就很容易出現共鳴或干擾的狀況。」

雪菜用一如往常的正經語氣回答。

原來如此——古城說著點頭。魔導生物讓雪菜她們作的夢產生了共鳴而互相影響，到最後，就不攻自破地製造出讓她們甦醒的契機了。

結果，要在這世上創造所謂的「樂園」並維持運作，並不是那麼簡單的一件事——就這樣而已。

「話說回來，妳們會不會做得太過火了？」

古城仰望變成焦炭的廢棄校舍，然後傻眼地吐氣。

然而，雪菜卻莫名頑固地搖頭反駁：

「不，做到這種地步是當然的。黏菌只要靠一顆細胞就能繁殖，再說那種東西要是流落到結界外頭，不知道又會造成多大的損害。要徹底燒光它才可以……！」

「呃，就算這樣，妳們也不必用咒術用到連自己都動彈不得吧……再說我也可以用眷獸代勞。」

古城說著就把目光轉向倒在背後的紗矢華等人。

原本都已經昏睡了超過一週的時間，剛醒來就突然拿起劍猛砍，還使出最大功率的咒術砲擊。因為這樣，除雪菜以外的三個人在打倒魔導生物後，就因為咒力枯竭而再度昏睡了。

只靠剩下的古城與雪菜兩人，沒辦法把七名少女都帶回去。

所以說，古城他們留在結界裡，正等待著獅子王機關來救援。

「順帶一提，妳們夢見的是什麼內容？」

古城閒得沒事可做，就向雪菜提問打發時間。

他自認這是無關痛癢的問題，雪菜的反應卻令人意外。

「咦？」

雪菜不知怎地大受動搖，繃緊臉孔沉默下來。

古城納悶地蹙眉說：

「夢到的內容會重覆，表示煌坂、唯里同學與志緒同學的願望跟妳大致是一樣的吧？」

「咦……咦……」

「應該說，妳醒來的時候，是不是對我講了什麼？」

「不、不是的，呃，那是因為……」

「話又說回來了，我為什麼會被叫來這裡？結果白奈小姐的直覺是感應到了什麼？雖然黏菌女的心靈干預確實對我無效啦。」

「是、是啊……」

雪菜結巴地答話。古城卻不懂她遲疑的理由。

「所以說，結果妳們是夢到了什麼？」

古城提出了相同的疑問。

獅子王機關的四名攻魔師一塊夢見了相同的情境。那恐怕是相當重要的願望，古城也希望可以助她們實現。

大概是古城誠懇的心意傳達到了，雪菜放鬆肩膀呼了氣，露出苦笑。

接著，她帶著使壞似的表情回望古城，還吊胃口地搖搖頭。

「那是祕密。我絕對不會告訴像學長這麼下流的吸血鬼。」

「為什麼啦！」

古城突然莫名其妙挨罵，就賭氣回了嘴。

雪菜愉悅似的嘻嘻笑了笑，並且悄悄摸向自己左手的戒指。

「不過，如果我的夢真有實現的那一天，到時候我會第一個告訴學長。」

「……我明白了。那麼，先期待會有那一天到來吧。」

古城聳肩隨意地說道。

雪菜望著古城，然後微微點頭。胸口懷著無人知曉的決心——

「好啊。請學長要期待喔。」

卷末極短篇

亞絲塔露蒂不笑

眷獸共生型人工生命試驗體，研發代號「亞絲塔露蒂」——那就是我的名字。

過去我只是為了消滅漂浮在太平洋上的人工島「魔族特區」，才被創造出來的。

可是，那項使命卻被「第四真祖」曉古城阻止了。

失去主人的我被紘神島人工島管理公社納為監護對象，以女僕的身分在彩海學園生活，過著與爭鬥及殺戮無緣的和平日子。

然而我現在依舊不笑。

因為我是人偶。

因為我是道具。

人工生命體（Homunculus）是不會笑的。

「妳希望我教妳怎麼笑？」

曉古城聽完我的委託，露出了納悶的臉色。

我表示肯定——我如此簡短回答。

以人工方式在短期內培育出來的我，並沒有學到人類的表情。這樣下去恐怕有礙我於社會正常營生。

日前，我才面無表情地一直望著堅持對我不停說大叔冷笑話的男教師，害得他哭了出來。

「即使要我教妳笑，正常來想只要擠個笑容就好啦……像這樣。」

命令領受（Accept）——我如此答話，並且學他揚起嘴角。

曉古城困擾似的垂下目光。

「呃，抱歉……因為妳的眼神沒有在笑，有夠詭異的，看起來反而嚇人。」

「你突然要人家擠出笑容會有困難吧。總之，先試試看搔癢怎麼樣？」

曉凪沙說著將手伸到了我的脅下。她是曉古城的妹妹。

「唔呵呵，是這裡嗎？搔這裡舒服嗎？……奇怪，妳不會癢？沒有感覺嗎？」

「別鬧了，凪沙，大家都在看。話說，妳這樣亂變態的耶。」

曉古城似乎看不下去，就制止失控般的妹妹。咦咦——曉凪沙不服似的噘起嘴唇。古城則無奈地聳聳肩說：

「哎，心裡又不覺得快樂，我想沒必要勉強自己笑啦。」

「也對喔。不過，想表達自己的情緒卻做不到，那會很難受吧。」

負責監視曉古城的姬柊雪菜嘀咕。

她從小就在獅子王機關以劍巫的身分接受嚴酷的戰鬥訓練，讓我對她說的話產生了一點共鳴。因為姬柊雪菜的遭遇跟我有點像。

「要笑得自然，我想需要時間，因此在那之前，妳覺得快樂的時候，不如就用圖或文字來表達快樂怎麼樣？像這個樣子。」

「我覺得姬柊的主意不錯，但是……這張圖是什麼？」

曉古城看見姬柊雪菜畫在筆記本上的插圖，就蹙了眉頭。

雪菜眨起眼睛回答：

「咦？這是微笑符號啊。」

下個瞬間，曉古城探頭看了她畫的圖，便忍俊不禁地噗哧笑了出來。

在他旁邊的曉凪沙也一邊拚命憋笑，一邊抖著肩膀。

雪菜鼓起臉頰問：「你們為什麼要笑呢！」

看來就連戰鬥能力傑出的獅子王機關劍巫也會有不擅長的事情——我冷靜地這麼分析，並莫名感到內心舒暢。

我的名字叫亞絲塔露蒂，身為人工生命體的我不會笑。

可是，我遲早會的。

既然身邊有他們為了這樣的我費盡心思想辦法，將來我一定可以——

後記

在正篇完結後，約一年十個月沒跟大家見面了！就這樣，讓大家久等了，已向各位奉上《噬血狂襲　APPEND3》。

本作是將動畫《噬血狂襲》的DVD／藍光光碟版購入特典發表過的番外篇，還有為電擊文庫辦活動／書展所寫的極短篇等等，配合文庫體裁潤色修改而成。當中也有不少我個人中意的作品，但現在要取得幾乎都不可能了，因此能像這樣重新收錄實在教人欣慰。

與上集不同，這次並沒有共通的主題，但我想讀起來會相對輕快。若能讓各位開心便是甚幸。

■〈覺醒　-Awakening-〉（初出於「OVA《噬血狂襲II》1、2」）

這是文庫第九集的後日談（只是算平行世界）。在蔚藍樂土篇不太有機會讓古城他們做些有集宿感的活動，因此這是我為了補遺而寫的。雪菜早上起不了床的設定，在正篇偶爾也會出現呢。

■〈第四真祖不會游泳　-Stormy Sky-〉（初出於「ＯＶＡ《阿爾迪基亞王國篇》上集」）

大家最喜歡的體育倉庫情節。或許是因為寫這個短篇的時期相對較早，感覺古城與雪菜的關係比現在生澀一些。如果篇幅有多一點的寬裕，就能讓他們有更多調情的互動了。可惜。

■〈拂曉天空與星辰灑落之夜　-Starry Sky-〉（初出於「ＯＶＡ《阿爾迪基亞王國篇》下集」）

跟前一篇成對的短篇，這屬於冬天的故事。劇情只提到古城與雪菜要去看流星雨，沒想到流星雨的真面目居然是……這樣的收尾形式。恐怕是全系列史上最寒冷的一段劇情。

■〈貓與劍巫　-Touch My Nose-〉（初出於「ＯＶＡ《噬血狂襲Ⅱ》４」）

既然雪菜的師父會操控使役魔，雪菜當然也要學，因此這是我從以前就準備好的情節。故事內容就只有貓跟雪菜很可愛，但偶爾這樣也不錯吧。

■〈第四真祖最長的早晨〉（初出於「OVA《噬血狂襲Ⅲ》1」）

獅子王機關的新裝備系列第一彈（其實也有第二彈）。這是先定下標題，事後才開始編寫故事的內容。像這種祕密道具類的情節在噬血狂襲裡意外少見，現在看會覺得有點新鮮。

■〈失落的咒符〉（初出於「OVA《噬血狂襲Ⅲ》2」）

文庫第十三集的後日談。女主角們一起到澡堂的故事。賣肉成分居多，故事內容卻變得不太香豔。獅子王機關的攻魔師們各自發揮出個性，我滿中意這一段插曲。

■〈沙灘的女王大人〉（初出於「電集文庫25週年紀念！超感謝祭」安利美特特典）

店鋪特典小冊子用的極短篇。因為有限制以「夏天」為主題，我就挑了不出差錯的海水浴場當題材。雪菜跟古城雞同鴨講感覺很討喜。

■〈On A Rainy day〉（初出於「OVA《噬血狂襲Ⅱ》3」）

難得有這種平鋪直述的戀愛喜劇。總之就是想將古城遇見的神祕女角寫出可愛感的一段插曲。想像雪菜跟凪沙在幕後下了許多工夫的模樣，應該就會覺得更加有趣。

■〈不適合第四真祖的職業〉（初出於「ＯＶＡ《噬血狂襲Ⅲ》３」）

接著依然是屬於雪菜的插曲，這段時期ＯＶＡ剛好都是雪菜的主場。話雖這麼說，我好像還是把古城的出路諮詢當幌子，寫了一大串魔族特區與世界觀的說明。儘管往往會被人忘記，不過噬血狂襲就是這種世界觀的作品。

■〈凪沙發牢騷〉（初出於「ＯＶＡ《噬血狂襲Ⅲ》５」）

在正篇沒能寫到的，男女主角與凪沙和解的故事。這是段滿重要的插曲，在文庫裡沒能回收一直讓我耿耿於懷，幸好這次能收錄進來。

飾演凪沙的日高里菜小姐在ｎｉｃｏ轉播的現場特別節目有談及這段插曲，能讓她感到欣喜是我個人很欣慰的一段回憶。

■〈Wrong Baggage〉（初出於「電擊文庫官方海賊本《電擊Ｇｉｒｌｓ泳裝祭！》」）

先有了マニャ子老師繪製的插畫，再由我按照插畫意象寫成小說，手法比較特別的極短篇。因為雪菜在插畫裡穿了滿火辣的泳裝款式，我記得自己有絞盡腦汁思考要怎麼讓她穿上去。

■〈第四真祖到髮廊〉（初出於「電擊文庫上市總計突破3000作！大感謝祭」Gamers店鋪特典）

平鋪直述的戀愛喜劇第二篇。結局算是老套，不過古城與雪菜在通往結局前的互動正符合他們的調調，所以我很中意。還有我也喜歡客串登場的兩位無名髮型師。

■〈Fake Glasses〉（初出於「OVA《噬血狂襲Ⅲ》4」）

與收錄這段極短篇的OVA內容相呼應的插曲。淺蔥在真祖大戰扮演了重要角色，而這是在為她幕後的心思補遺。好比摩怪的由來還有蒂諦葉的真面目，現在看就會被劇情裡淡然提及的重要情報嚇到呢。

■〈普通的我也有奇遇……〉（初出於「《電擊文庫MAGAZINE》2018年7月號」）

描寫絃神島日常生活的短篇。個人滿喜歡劇中的「我」這個女孩，不知道能不能讓她在別的地方再次登場。像這種魔族特區才有的插曲，有機會的話我還想要多寫一些。拿古城這些正牌班底充當背景人物也很好。

■〈樂園的婚禮鐘聲〉（新撰短篇）

由於是難得的新撰短篇，我希望能呈現出震撼性的畫面，因此就讓女主角們穿上了新娘禮服。關於高神之杜有許多細密的設定，在正篇卻沒能寫到，很慶幸這次總算可以亮相。

我也想在其他地方寫寫看類似「高神之杜事件簿」的外傳。像是修行時代的雪菜與紗矢華在來絃神島之前有所活躍的短篇集。

■〈亞絲塔露蒂不笑〉（初出於《電擊微笑文庫》）

收錄於以笑容為主題的小冊子的極短篇。在這本書裡算是最古老的作品，但我蘊藏在這段極短篇的願望到現在依舊沒變。

拿起這本書的你若能有笑容，便是我最大的快樂。

那麼那麼，《ＡＰＰＥＮＤ３》就像這樣向各位奉上了，這本書裡沒能收錄到的短篇與極短篇還有很多，希望將來仍有機會收錄於文庫。還請各位繼續給予指教。

到了最後，負責本作插畫的マニャ子老師，誠摯感謝您這次也完成了精美的畫作。

對製作／發行本書有關的所有人士，我要一併致上由衷的謝意。

當然，對於讀完本書的各位讀者，我也要致上最高的感謝。

但願我們還能在下一集相見。

三雲岳斗

國家圖書館出版品預行編目資料

噬血狂襲APPEND. 3/三雲岳斗作；鄭人彥譯
. -- 初版. -- 臺北市：臺灣角川股份有限公司,
2023.06
面；　公分. -- (Kadokawa fantastic novels)
譯自：ストライク・ザ・ブラッドAPPEND. 3
ISBN 978-626-352-597-9(平裝)

861.57　　　　　　　　　　112005500

Kadokawa
Fantastic
Novels

噬血狂襲 APPEND 3

（原著名：ストライク・ザ・ブラッド APPEND 3）

2023年6月21日　初版第1刷發行

作　　者：三雲岳斗
插　　畫：マニャ子
日版設計：渡邊宏一
譯　　者：鄭人彥

發 行 人：岩崎剛人
總 編 輯：蔡佩芬
編　　輯：孫千棻
美術設計：黃永漢
印　　務：李明修（主任）、張加恩（主任）、張凱棋

發 行 所：台灣角川股份有限公司
地　　址：104台北市中山區松江路223號3樓
電　　話：（02）2515-3000
傳　　真：（02）2515-0033
網　　址：www.kadokawa.com.tw
劃撥帳戶：台灣角川股份有限公司
劃撥帳號：19487412
法律顧問：有澤法律事務所
製　　版：巨茂科技印刷有限公司
ＩＳＢＮ：978-626-352-597-9